정은 소설가. 대학에서 컴퓨터공학과 영화를 배웠고
현재는 대학원에서 서사창작을 공부하고 있다.
『산책을 듣는 시간』을 썼다.

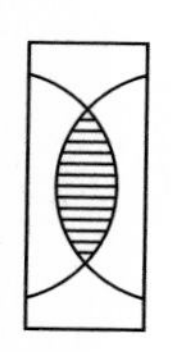

커피와 담배
Coffee and Cigarettes

—

정은

시간의흐름。

커피 주세요
담배도 주세요
다른 건 필요 없어요

일러두기

- 단행본은 『 』, 잡지는 《 》, 신문과 시, 논문은 「 」로, 영화와 곡명, 작품명은 〈 〉로 표시했다.
- 외래어 표기는 국립국어원 외래어표기법에 따랐으며 관례로 굳어진 것과 입말이 더 많이 쓰이는 경우는 예외로 두었다.

차례

커피 주세요

살다 보면 인생에 무언가를 더하거나 빼야 할 때가 찾아온다. 무언가를 더할 여유가 있는 운 좋은 때가 있는 반면에 끝없이 빼고, 빼고, 또 빼야 할 때도 있다. 그런 시기는 운과 상관없이 찾아온다. 가질 수 있는 게 생각보다 많지 않다는 걸 조용히 받아들여야 하는 때. 원하는 것을 고르는 게 아니라 포기할 것을 골라야 한다는 걸 알게 되는 때.

나한테도 그런 때가 찾아왔고, 버려야 할 것들을 고르고 또 고르다가 마지막까지 버릴 수 없는 것이 커피인 걸 알았다. 그래서 『커피와 담배』라는 책을 쉽게 쓸 줄 알았다. 좋아하는 것에 대해서 쓰면 되니까. 착각이었다. 기분 좋게 좋아하는 것과 절박하게 좋아하는 것은 다르다. 후자에 대해서 쓰는 것은 결국 나에 대해 쓰는 것이고, 정직하게 대면한 맨얼굴을 드러내며 쓰는 것이다. 커피에 대한 글을 써보면 알게 될 것이다. 정직하게 대면하지 않고 커피에 대해 쓰려고 하면 그 글은 커피잔 그림과 함께 카톡에 돌아다니는 '어르신 짤' 같은 것이 되어버린다.

이십대 후반, 나는 내 나이가 많다고 생각했다. 무언가를 시작하기엔 너무 늦었고, 돌이킬 수 없이 망했다고. 그때 내가 할 수 있는 유일한 선택은 가능한 한 한국을 떠나 있는 것이었다. 그래야 숨이라도 쉬어지니까. 앞으로의 계획을 아무도 묻지 않으니까. 닥치는

대로 아르바이트를 했고, 돈이 어느 정도 모이면 한국을 떠났다. 물가가 싼 도시에서 한두 달씩 가능한 한 길게 체류하다가 돈이 떨어지면 돌아와서 다시 아르바이트를 했다. 몇 년 동안 이런 생활을 반복했다. 서점 카운터에서 바코드를 찍었고, 총무원장 스님의 선거 캠프에서 일했고, 청소년 캠프에서 영상을 찍었고, 방송국 편집실에서 드라마 순서 편집을 하고, 모델하우스를 보러오는 가족들의 가족 사진을 찍어주고, 절에서 부적을 팔고, 식당에서 서빙을 하고, 극장에서 전화 안내를 하고, 남동공단에 있는 공장에서 전자매뉴얼을 만들고, 문화재보존 업체에서 PPT를 만들고, 무인경비 회사에서 고객 관리를 하고, 고시 학원에서 강의 촬영을 했다. 작가가 되기 위해서 다양한 경험을 한 것이 아니었다. 그냥 그때 그때 들어오는 일을 아무 생각 없이 하다 보니 그렇게 된 것이다. 오늘 하루 살아남기도 벅차서 1년 뒤는커녕 한 달 뒤도 계획할 수 없었다.

스페인의 순례자의 길도 그렇게 해서 가게 되었다. 한국에 하루라도 더 있으면 숨이 막혀서 죽을 것 같은데 여행 자금이 충분히 모이지 않았다. 그때 오랜 친구 L이 신용카드를 내밀며 이걸 가지고 당장 떠나라고 했다. L은 박봉의 의류 디자이너였고 야근 없는 날이 없었다. 그 돈을 어떻게 벌고 있는지 잘 알고 있었다. 하지만 나는 염치없이 친구의 신용카드를 들고 떠났다. 숨 막혀서 죽은 친구보다는 염치없고 뻔뻔하지만 살아 있는 친구가 낫다고 생각했기에. 파울로 코엘료의 책이 베스트셀러인 시절이었고, 순례자의 길을 걷고 나면 나도 작가가 되어 돌아올 줄 알았다. 물론 그런 일은 일어나지 않았지만.

프랑스 국경에서 출발해 하루 만에 피레네 산맥을 걸어서 넘었다. 스페인에 도착하자마자 실수했다는 걸 깨달았다. 나는 돈이 없고 근육도 없다. 돌아가는 비행기표는 900킬로미터 떨어진 도시에서 44일 뒤에 출발하고, 돈이 없으므로 무조건 순례자 숙소에 머물러야 하는데, 순례자 숙소는 걸어서 온 사람들한테만 침대를 내준다. 15킬로그램의 배낭을 메고 그냥 울면서 44일 동안 900킬로미터를 걸어가는 수밖에 없었다. 내 예산에서 하루에 쓸 수 있는 돈은 10유로, 그중 식비로 쓸 수 있는 돈은 5~7유로였다. 잼을 바른 바게트와 치즈로 매 끼니를 대충 때우고 식비의 대부분을 커피를 사 마시는 데에 썼다. 새로운 마을에 도착할 때마다 카페에 들어가 커피를 시켰다. 커피가 목까지 차올라서 몸속 혈관에 피 대신 카페인이 돌고 있는 기분이 드는데도 또 에스프레소를 주문하며 깨달았다. 이게 나라는 인간의 본모습이라는 걸. 낯선 도시에서 이방인의 모습으로 하루에 카페를 세 군데씩 들러 친구의 신용카드로 커피를 사 마시니 이제 숨이 조금 쉬어진다고 중얼거리는 게 나라고.

처음에는 이 길을 추천한 친구 J를 저주하며 걸었다. 배낭은 무겁고 다리는 아프고 미묘한 인종차별은 괴로웠다. 몸이 힘들면 일주일 전에 내 발을 무심코 밟았던 사람까지 다 생각나며 미워진다. 몸이 덜 힘들어야 마음을 곱게 쓸 수가 있었다. 나는 가진 짐들을 하나씩 버려 배낭을 가볍게 만들기 시작했다. 날마다 무엇을 버릴까 고민했다. 먼저 여분의 속옷과 옷을 다 버렸다. 한 벌씩만 남겨 매일 세탁해서 말려 입었다. 화장품 파우치를 통째로 버렸다. 보디로션 하나로 충분했다. 보디클렌저로 머리를 감고 샤워도 하고 빨래도 했다. 끝까지 버리지 못했던 것은 Nikon F2 수동카메라와 서른 통의 필름들, 그리고 일기장과 책 한 권이었다. 사람이 사는 데에 그리 많은 것이 필요하지 않았다. 짐이 가벼워지니 몸이 덜 힘들고, 계속 걷다 보니 몸이 바뀌고, 몸이 바뀌니 감각이 달라지고, 달라진 감각으로 새로운 것들이 보이기 시작했다.

가진 게 적으면 사람이 예민해진다. 작은 변화에도 크게 반응할 수밖에 없기 때문이다. 보디클렌저 하나로 세수를 하고 머리도 감고 샤워도 하고 빨래도 하는 상황에서 보디클렌저가 다 떨어지면 비상사태다. 그러니 늘 가진 것을 살피고 모든 상황을 대비하고 예의주시해야 한다. 늘상 그와 같은 상태로 사는 게 작가라는 것을 그때 깨달았다.

작은 변화를 미리 감지하는 사람, 더 크게 확장하여 느끼는 사람들이 책을 읽고 글을 쓴다. 예민한 감각을 유지하려면 배낭에서 짐을 버리는 작업을 정신적인 면에서도 해야 한다는 걸 차츰 깨닫게 되었다. 꼭 필요한 것들만 남긴 간결한 정신이어야 가볍게 멀리까지 갈 수 있다. 나는 예민해진 감각으로 세상을 다른 방식으로 느끼고, 새롭게 깨닫고, 세상의 경계를 더 넓히고 싶었다. 나는 스스로에게 질문을 던졌다. 왜 여기까지 와서 커피만 마시고 있는지. 아니, 커피를 마시러 왜 여기까지 와야 했는지. 커피가 내게 주는 답이 분명 있을 것 같았다.

한국에 있을 때 나는 어디에도 속하지 못한다고 느꼈다. 그 어디에도 내 자리가 없었다. 그렇기 때문에 외국에 오면 마음이 편했다. 어차피 이방인이라면 낯선 곳에서 이방인이 되는 게 더 자연스러우니까. 낯선 도시를 여행할 때 커피는 내게 환대의 자리를 만들어주었다. 카페에 들어가서 커피를 주문하고 내 테이블에 커피가 놓이면 나는 잠시 동안 그 도시에 받아들여진 느낌이 들었다. 내가 커피를 한 잔 사 마셨다고 해서 그들이 나를 특별히 환대하는 것은 아니고 내가 있건 없건 아무도 신경 안 쓰겠지만. 낯선 곳에서 나만의 커피 한 잔이 내 앞에 놓일 때면 비로소 떠돌던 마음이 그 커피잔을 잡고 땅에 닿도록 내려앉는 게 느껴졌다. 그때 커피의 의미는 환대, 대접이고 휴식이다. 그렇다면, 내가 스스로 나에게 그런 커피를 만들어줄 수 있다면 어디에 있든 상관 없는 게 아닐까? 그때까지 나는 스스로를 대접하고 아낀다는 의미가 뭔지 잘 몰랐다. 진정한 휴식의 의미도 몰랐다. 무엇을 원하고 어떤 삶을 살고 싶은지 스스로에게 질문을 던져본 적이 없었다. 미래를 계획한 적도 없고 그냥 되는대로 살고 있었다. 그저 세상이 나를 몰라주고 내 자리가 없다고 불평하면서. 한마디로 내가 나를 사랑하는 법을 몰랐다. 내가 나를 인정하고 대접해야 채워지는 허기를 못 알아보고 공허한 마음으로 먼 곳까지 와서 끝없이 카페를 방문하며 힘들게 900킬로미터를 걷고 있는 내 모습이 그제야 보였다.

*

배낭을 메고 걷고 또 걸어, 백 개가 넘는 마을을 걸어서 통과하다 보면 어느 순간부터 시야가 크게 트이면서 마을의 표정이 보인다. 사람마다 이목구비가 있듯 마을도 그렇다. 아주 작은 마을부터 큰 도시까지 모든 마을의 시작과 끝은 하나의 길로 관통되는데 그 길만 쭉 따라가도 마을의 표정을 볼 수 있다. 대부분의 마을 중심엔 성당이 있고 그곳으로부터 이목구비에 해당하는 것들이 갖춰진다.

성당 앞엔 광장이 있고 광장 옆엔 오래된 카페와

빵집이 있다. 물량이 많고 적음을 떠나 빵집에는 오늘 구워져 나온 고소한 냄새의 빵들이 있고 빵집 주인이 웃는 얼굴이고, 그 옆의 슈퍼에서 신선한 과일을 팔고 있다면 그 마을은 좀 더 머물러도 좋다. 마을을 이루는 것들은 모두 연결되면서 서서히 만들어지기 때문에 작은 빵 한 조각의 표정, 커피 한 잔의 맛이 전체적인 마을의 인상과 일치했다.

광장 옆 카페에서 커피를 마시면 그 마을을 통째로 맛본 기분이 들었다. 커피의 맛과 성당의 크기는 반비례했는데, 동네가 척박하고 사람 살 곳이 못된다 싶은 마을일수록 상대적으로 성당은 더욱 크고 화려했다. 그 변한 감각으로 내가 도망쳐온 도시를 새롭게 돌아보았다.

내가 아는 서울의 커피 맛을 떠올려보았다. 서울은 마을이라고 하기엔 지나치게 큰 도시지만 하나의 얼굴이라 생각하고 뜯어보면 꽤 오랜 역사를 가졌고 꽤 근사한 이목구비를 가지고 있다. 까다롭고 섬세한 취향을 가진 사람들이 살고 있으며 그에 부합하는 맛과 멋을 가진 공간들이 많다. 맛있는 커피를 쉽게 구할 수 있는 도시는 지구 위에 생각보다 많지 않다. 나는 내가 도망쳐온 도시의 아름다움을 뒤늦게 깨달았다.

900킬로미터의 순례자길을 다 걷고 나서도 작가가 되지는 못했지만, 사는 데 많은 것이 필요하지 않다는 것을 배웠다. 한국에 돌아온 뒤에 모든 것을 다 버린다고 가정한 다음에 꼭 필요한 것만을 거기에 더하면서 삶을 재배치했다. 먼저 침대 같은 가구를 버려서 방을 비웠고 책을 정리했고 옷도 다 정리했다. 욕망의 재분배가 필요했다. 내 처지에서 원하는 것을 한 가지 이루려면 열 가지쯤 포기해야 한다는 걸 받아들였다. 나는 혼자 있는 시간과 공간이 필요했다. 커피잔을 앞에 두고 멍하게 있는 시간을 많이 만들고 싶다면, 적게 일하고 적게 벌면 된다. 그러려면 적게 가지고 적게 쓰면 된다. 그 시간과 교환할 수 있는 것들을 포기하고 삶에서 덜어내면 된다.

미용실은 안 가도 되고, 화장도 안 해도 되고, 옷도 친구들이 주는 옷을 얻어 입으면 되지만, 커피는 포기할 수 없었다. 커피는 유일하게 사치를 부릴 수 있는 영역이고 내가 다른 세계로 넘어갈 수 있는 영역이었다. 커피는 내가 나를 사랑하고 대접할 수 있는 쉬운 방법이다. 커피는 민주적이다. 커피는 쉽게 손을 내밀어준다. 가진 것이 아무것도 없는 내가 발을 반쯤 걸치고 삶의 여유를 꿈꿔볼 수 있게 한다. 커피마저 없다면 내 삶은 무미건조하고 비참해질 것이다. 커피는 아무것도 아니므로 거기에 많은 것을 담을 수 있다.

오늘도 커피 한 잔을 앞에 두고 앉아 혼자 공상에 잠긴다. 내게 커피는 담배, 영화, 시, 산책, 연애, 술, 농담, 그림자, 새벽, 음악이다. 내겐 그런 사치와 낭비가 필요하다.

분위기에 반하다

사람이 사람에게 반하게 되는 이유는 아주 사소한 것일 때가 많다. 스웨터에 난 작은 구멍이라던가, 담배를 피울 때의 미묘한 손의 위치라던가.

이런 사소한 디테일들은 영화 〈펀치 드렁크 러브〉의 아담 샌들러한테도 사랑을 느끼게 한다.

담배를 피우는 모습에 반한 적이 있었다. 조금 더 구체적으로 말하면 창문으로 보이는 담배 피우는 다리에 반한 적이 있었다. 오래전 아르바이트하던 A인터넷 서점 건물은 계단 벽마다 작은 창이 있었다. 50센티미터가 안 되는 높이에 옆으로 긴 모양 창은 바닥 부근에 달려 있었다. 그는 항상 그 창에 다리가 보이도록 서서 담배를 피웠다. 주로 청바지를 입었고. 3층에서 2층으로, 또 1층으로 내려가는 동안 그 작은 창문을 통해 슬쩍 보이는 담배 피우는 다리에 나는 그만 반해버린 것이다. 다리를 X자로 다소곳이 교차시키는 그 자세엔 느슨한 리듬감이 있었다.

아르바이트를 시작한 이유는 인도로 갈 여행 자금을 모으기 위해서였는데, 인도에는 그 전해에 여행 갔다가 반한 사람이 있었다. 그를 만나러 가기 위해 일을 시작한 곳에서 다른 남자의 담배 피우는 다리 모습에 또다시 반해버린 것이다. 그래도 되는 건가 생각할 겨를도 없었다. 반한다는 건 원래 그런 것이니까.

내 자리 뒤로 2미터쯤 떨어진 책상에는 금정연 작

가가 앉아서 일하고 있었다. 13년 뒤에 내가 『커피와 담배』라는 책을, 그가 『담배와 영화』라는 책을 쓰게 될 줄은 그도 나도 모르고 있었다. 그리고 아직도 우리는 대화를 나눠본 적이 없다.

내가 한 일은 검색 태그를 만드는 일이었다. 인터넷 서점에서 도스토예프스키, 도스토엡스키, 도스또예쁘스끼로 검색해도 왜 같은 작가가 나올까? 그 정도쯤은 인공지능이 알아서 해결할 것 같지만 사실은 사람들이 검색 실수를 할 모든 변수를 고려하여 태그를 일일이 입력하는 숨은 노동이 있다. 무라카미 하루끼와 무라카미 하루키, 레이몬드 카버와 레이몬드 커버와 레이먼드 카버. 그 일만 한 건 아니지만 그런 단순하고 지루한 일들을 주로 했다.

그곳에서 일하면서 나는 나의 첫 담배를 샀다. 담배를 피운 지는 꽤 되었지만 그때까지 한 대씩 얻어 피우는 정도였지 본격적으로 직접 담배를 사서 피우지는 않았다. 흡연자가 되는 시점이 자신의 담배를 사기 시작하는 순간부터라면, 나는 그해 여름부터 흡연자가 되었다. 물론 K 옆에서 담배를 피우기 위해서였다.

K의 자리는 내 자리에서 오른쪽으로 2미터쯤 떨어져 있었다. 전화 통화 소리까지 다 들렸는데 목소리는 또 얼마나 침착한지. 화장실에 갔다 올 때마다 고개를 돌려 그의 얼굴을 슬쩍 보고 지나갈까 말까 하는 사소한 고민을 매번 하고, 그가 통화할 때마다 옆에서 더

큰 목소리로 통화하며 그의 목소리를 묻히게 만드는 옆자리 직원을 속으로 미워하며 하루하루를 보냈다.

어느 날 오후 4시쯤, K가 담배를 피우러 나가자 나는 1분 30초쯤 고민하다가 뒤따라 나갔다. 담배는 며칠 전 퇴근길에 근처 구멍가게에서 미리 사두었다. 담배를 사본 적이 없어서 담배 종류를 묻는 직원의 질문에 얼떨결에 말보로라고 대답했다. 무슨 말보로요? 직원의 질문에 나는 다시 머뭇거렸다. 그때까지 담배의 정확한 종류도 가격도 잘 몰랐다.

"연한 거요. 제일 연한 거요. 라이터도 주세요."

가게 직원은 말보로 라이트를 내밀었다. 가방 속에 담배와 라이터를 넣고 나니 어쩐지 다른 사람이 된 것 같았다. 나는 담배를 합법적으로 살 수 있는 나이였고 누가 가방 검사를 한다 해도 당당히 내밀 수 있었다. 그런데도 어쩐지 해서는 안 될 짓을 저지른 것 같아서 흥분되고 좋았다. 이 좋은 걸 왜 중고등학교 때 해보지 못했을까? 나는 십대 때 담배를 피운 사람들이 부럽다. 평생 부러울 것 같다.

말보로 라이트와 라이터를 꺼내 들고 계단 창으로 보이는 K의 청바지의 느슨한 리듬감이 미세하게 바뀌는 것을 감상하며 한 층 한 층 계단을 내려갔다. 그리고 1층 건물 밖에서 담배를 피우고 있는 그의 옆에 섰다. 담배 포장지를 뜯어 쓰레기통에 버리는데 손이 벌벌 떨렸다. 간신히 담배를 꺼내 입에 물고 익숙한 척

라이터로 불을 붙였다. 마침내 나란히 서서 담배를 피웠다. 아무 말 없이. 그 순간의 기운, 주변의 모든 공기가 차분하게 내려앉고 무한한 평화가 그 주변을 감싸는 듯한 느낌을 나는 아직도 기억한다. 하지만 그건 아주 잠깐이었고 그는 금방 담배를 끄고 올라가버렸다.

그가 사무실로 올라가고 난 뒤에도 나는 1분쯤 담배를 더 피웠다. 사람은 왜 담배를 한 번에 한 대씩만 피울까. 두 대를 연달아 피우면 안 되나? 비스와바 쉼보르스카의 담배 피우는 자세가 멋져서 따라 해보려고 거울을 보고 연습을 많이 했지만 절대 그렇게 안 보였겠지. 그런 생각을 하면서.

그 이후로 그가 담배를 피우러 나갈 때마다 따라 나가서 피웠다. 너무 자주 따라 나가면 티가 나니까 하루에 한 번 오후 4시쯤에만, 엄격하게 제한해서.

아르바이트를 시작한 지 한 달쯤 되었을 때, K를 따라 담배 피우러 밖으로 나왔는데 그가 없었다. 세상 다 잃은 듯한 표정으로 자판기 커피나 뽑아 마시고 있는데 그가 회사 정문에 콜라를 마시며 나타났다. 나는 용기를 내어 속으로 수십 번 연습한 문장으로 말을 걸었다. 의외로 자연스럽게 대화가 이어졌다. 대화를 하다 보니 서로의 블로그를 즐겨찾기 하고 있다는 사실을 알게 되었다. 우연이라기보단 당연한 일에 가깝겠지. 왜냐면 나는 이미 검색을 통해 알아낸 그의 블로그를 수십 번 방문했으니까. 우리는 퇴근 후에 만나 저녁을 같이 먹으며 얘기를 더 나누기로 약속했다. 그와 내가 이미 서로를 알고 있었다는 사실이 뛸 듯이 기뻐서 나는 친구에게 문자를 보냈다.

"이 광활한 우주에서 우리 모두는 연결되어 있어!"

친구는 "도를 아십니까에 따라갔다 왔냐"는 답장을 보내왔다.

친구에게 문자를 보내던 순간이 가장 행복했고 이후의 전개는 다소 시시하다. K와 나는 회사 근처에서 김치찌개에 소주로 저녁을 먹었고, 오래된 LP바에 가서 맥주를 마셨다. 신청곡을 적어서 LP바 주인에게 내미는 그의 머쓱한 뒷모습을 보며 속으로 소리쳤다.

'그래, 바로 이 사람이야. 내가 찾던 바로 그 사람이야.'

그의 신청곡인 〈within you without you〉가 나왔고 타블라가 시작되는 정확한 타이밍에 맞춰서 그는 길고 섬세한 손가락으로 테이블을 두드렸다. 이런 타이밍을 정확히 맞추다니 반할 수밖에 없잖아.

담배 한 개비를 피우는 데 걸리는 시간은 몇 분일까? 그 시간은 항상 같지만 또 같지 않기도 하다. 그 시간들은 때때로 길어지거나 짧아질 수 있으며 그걸 극단적으로 느낄 수 있는 수단이 사랑 혹은 죽음일 것이다. 내가 탄 차가 전복된 적이 있었는데 나는 그 차가 전복되던 순간에 시간이 갑자기 다섯 배 정도 느리게 흘러가는 것을 감각했었다. 마찬가지로 사랑은 우리가 시공간의 한계를 넘을 수 있는 한 가지 방법이다. 내가 알 수 없는 열정에 휩싸여서 그를 사랑하고 있을 때 감각을 통해 들어오는 정보량이 순식간에 수십 배가 되어버린다.

담배를 들고 있는 그의 손의 곡선, 그가 눈을 깜박거린 타이밍, 벽에 걸린 스피커를 통해 들려오던 지지직거리는 잡음, 말보로 라이트의 맛. 그가 담뱃재를 털 때 그 재가 하강하는 게 눈에 보일 정도였다. 갑자기 확장된 내 감각은 0.01초 동안 일어난 모든 것을 기억한다. 그때의 1초는 혼자 있을 때의 1분보다 훨씬 길게 느껴졌다. 그 시간은 실제로 길었을 것이다. 직선으로 흐르던 시간이 입체적으로 흘렀으니까. 그 어느 때보다 높은 밀도를 가진 순간이 되었다. 그 밀도에 따라 순간이 영원이 될 수도 있다고, 그리고 그것을 가능하게 하는 것이 사랑이라고. 나는 물리적으로 그 사실을 경험했다.

마주 보며 앉아 있던 나는 그의 옆자리로 냉큼 건너갔다. 음악을 듣는 그의 얼굴이 부드럽고 편안하게 바뀌어 있었다. 우리는 고개를 맞대고 조지 해리슨의 음악을 같이 들었다. 이 순간이 영원히 계속되었으면 좋겠다고 생각했을 때 그가 속삭였다. "나 애인 있어요." 그 순간 그를 한 대 쳤어야 했다. 아니 애인도 있는 사람이 왜 멋있으래? 세상엔 근사한 것들이 많고, 근사한 것들을 보고 즐거워하는 것은 죄가 아니다. 당신은 담배 피우는 근사한 자세를 가졌고, 나는 그것에 반했으니 즐겁게 바라볼게요. 이런 쿨한 태도를 가졌으면 좋았을 텐데. 당시의 나는 한없이 이기적이고 자기중심적이었기 때문에 내가 관심을 두는 사람이 나에게 관심이 없다는 사실을 견디지 못했다.

사람과 사람이 관계를 맺는 방식은 여러 가지가 있다. 사람과 사람 사이 거리의 스펙트럼도 무한대로 많다. 지속적으로 대화와 이것저것을 주고받으며 멀어졌다 가까워졌다 하면서, 멀어지지도 더 가까워지지도 않는 최적의 거리를 찾아내야 관계가 오래 지속될 수 있다는 것을 당시의 나는 몰랐다. 내 머릿속 회로에서는 단순한 이 한 가지 시퀀스밖에 없었다. 좋아하는 사람이 있다 → 그가 애인이 없으면 나와 사귄다 혹은 애인이 있으면 나는 떠난다. 또 다른 관계들은 상상할 수가 없었다. 내가 상상할 수 있었던 것은 동시에 존재하는 여러 우주 같은 것뿐이었다. 그가 애인과 행복한 곳은 다른 우주고, 이 우주에서는 나와 만나는, 병렬우주 같은 것을 생각하고 또 생각했다. 다른 각각의 기쁨을 지닌 같은 무게의 담배 스무 개비가 들어 있는 담뱃갑처럼, 그가 애인과의 관계만큼 나와의 관계도 비슷한 무게로 대해주면 얼마나 좋을까. 대립되거나 비교될 수 없는 각각이 유일무이한 사랑들, 스무 개비의 담배

같은 사랑들, 그런 망상을 끝도 없이 했지만 결국 나만 고통스러울 뿐이었다.

나를 고통스럽게 만든 것은 K가 아니다. 나 자신의 상상력 부족이었다. 관계에 대한 상상력의 부족. 옆에서 나란히 담배를 피우고 싶다는 열망으로 시작된 관계였고, 그 즐거움을 지키기 위해서는 끊임없이 관계를 재창조하는 상상력이 필요했다. 하지만 나는 그런 노력을 하지 않고 K를 미워하며 도망쳤다. 나를 두근거리게 한 '담배 피우는 사람이 보이는 창문'이 괴로워져서 몇 주 뒤에 아르바이트를 그만두기까지 했다.

만약 그곳에 창문이 없었다면, 그가 매번 정확히 그 위치에서 담배를 피우지 않았더라면, 내가 그곳에서 일을 오래 했을까? 그랬을 것이다. 프레임으로 짜여진 이미지의 힘은 그만큼 강력하다. 나는 그 뒤로 흡연량과 음주량이 기하급수적으로 늘었고 괴로워하면서도 끊임없이 그를 미워해야 할 이유를 찾아냈다.

그가 매력적으로 보인 이유는 그때 조지 해리슨의 음악이 나왔기 때문이라고 생각했다. 그게 다 사랑에 대해서 고민하고 헌신하고 노래한 조지 해리슨의 선화공덕 때문이라고. 그러니까 사랑에 빠진 사람들은 사랑을 노래하다 일찍 죽은 음악가들한테 남은 삶에서 하루씩이라도 떼어다가 바쳐야 한다고. 아니 한 1년씩 보태서 10만 년 정도 살도록 해야 한다고. 그러니까 매력적인 건 그가 아니라 그때 들었던 음악이라고. 그때 음악을 들으면서 같이 피운 담배 때문이라고.

맥심과 자판기 커피

처음 마신 커피의 기억은 아쉽게도 없지만 100퍼센트의 확률로 그 커피는 맥심이었을 것이다. 커피와 크림과 설탕을 1:1:1로 섞은 것. 어린 시절엔 가는 집마다 식탁 위나 찬장 안에 커피와 크림과 설탕을 담은 통 세 개가 나란히 놓여 있었다. 세상엔 두 종류의 집이 있는 것 같았다. 이 통 세 개가 깔끔하고 완벽하게 나뉘어 있는 집과 다 섞여 있는 집. 우리 집은 후자였다. 크림과 설탕은 늘 눅눅하게 굳어 있고 뭉쳐 있었다. 크림이 담긴 유리통을 들고 숟가락으로 퍽퍽 쳐서 뭉친 것을 깨트리던 감각이 아직도 몸에 남아 있다. 그러다가 힘 조절을 잘 못해서, 혹은 놓쳐서 깨뜨린 통이 몇 개인지는 기억 안 나지만. 커피와 크림과 설탕, 이 세 개가 어떤 통에, 어떤 형태로 담겨 있는가가 그 집에 대해 많은 것을 얘기해준다고 생각했었다.

그러다가 맥심 커피믹스가 나왔다. 커피믹스가 생활을 어떻게 바꾸었는지를 생각해보면 혁명이라고도 할 수 있을 것이다. 커피를 타는 노동을 누가 도맡아서 했는지를 생각해보면 더욱 그렇다. 맥심 커피믹스의 배합 비율은 황금 같아서 어지간해선 그 맛을 좋아하지 않기란 어렵다. 나는 라테는 물론 아메리카노도 커피로 치지 않는 커피에 대한 하드한 기준을 가지고 있는 사람이지만, 인생의 마지막 커피를 마셔야 한다면 맥심 커피믹스를 선택하겠다. 한국인에게 맥심은 커피 이상의 무엇 같다.

처음으로 나 자신을 위해 산 커피도 아마 자판기가 내려주는 맥심 커피였을 것이다. 나는 스타벅스 1호점이 생기기 이전에 대학교에 들어갔고 그때 내 주위에 아메리카노를 마시는 대학생은 없었다. 물론 카페는 많았다. 누울 수 있을 정도로 크고 푹신한 소파가 있고, 커다란 테이블마다 전화기가 놓여 있는, 작은 우산 장식을 꽂은 파르페 같은 메뉴를 팔던 카페들(구석기시대 이야기 같지만 고작 20년 전의 일이다. 아니, 20년 전이니까 구석기시대가 맞는 것 같다). 그때 나는 가난한 대학생이었고 카페는 소개팅할 때만 가는 곳이었다. 그래서 그 시절의 내게는 '커피=자판기 커피'였다. 자판기 커피를 촛불처럼 들고 쏟지 않으려고 조심하며 도서관을 배회하던 시간들.

모든 자판기 커피의 맛이 다 같을 것 같지만 그렇지는 않다. 학생회관 2층에 있는 자판기 커피는 유독 맛있었다. 그 자판기만의 신적인 배합 비율이 있는 것처럼. 자판기 앞면을 열고 나와 스트레칭을 하는 자판기 근무자를 보았다는 누군가의 씁쓸한 농담을 인터넷에서 읽고서 자판기에서 커피를 뽑을 때마다 그 유령 같은 자판기 근무자를 생각했다. 사실 지금도 자판기 커피를 볼 때마다 그 생각을 한다. 그 안에서 황금비율로 열심히 커피와 크림과 설탕을 섞고 있다가 퇴근 시간이 되면 자판기 앞면을 열고 기지개를 켜고, 고단한 표정으로 서류 가방을 들고 퇴근하는 자판기 근무자가 있을 것만 같다. 전국 커피자판기 근무자 챔피언십 대회가 있다면 우리 학교 학생회관 2층 자판기 속에서 일했던 자판기 근무자가 우승 5회쯤은 하지 않았을까.

절에서 피우는 담배

절에서 아르바이트를 제안받았을 때 바로 하겠다고 한 큰 이유는 헤어스타일 때문이었다. 인생의 버킷리스트 중 하나라는 이유로 삭발을 한 지 세 달 정도 되었는데 관리 안 된 잔디밭 같은 구간을 지나고 있었다. 다듬을 수 있는 커트 머리 길이가 될 때까지 절이든 동굴이든 세상과 나를 격리시키고 싶다고 생각하던 차에 그런 제안을 받았으니 당장 가겠다고 했다. 물론 이유가 그것만은 아니다.

그때 나는 영화과 1학년이었고, 종강 전까지 연출부로 선배의 졸업영화를 도왔는데 촬영이 끝나고 나자 신체적으로 정신적으로 완전히 무너져 있었다. 인간 따위 없는 깊은 산 속에 들어가고 싶다고 울부짖고 있는데 부처님의 자비 덕분인지 절의 홈페이지를 제작하지 않겠냐는 제안이 들어온 것이다. 홈페이지 작업이야 넉넉히 잡아도 일주일이면 끝나는 일이고 집에서도 할 수 있지만 나는 굳이 짐을 싸서 절로 떠났다. 일을 하는 척하며 절밥을 얻어먹고 방학 내내 빈둥거리다가 잔디밭 같은 머리카락이 다 길러지고 몸과 마음이 추슬러지면 절에서 나와 개강을 맞이할 계획이었다. 결과적으로 집에 돌아온 것은 7개월 뒤였다.

절에 가기 전날 눈이 많이 내렸는데 다행히 가는 날은 눈이 그쳤다. 스님이 기차역까지 차로 데리러 오셨다. 산 아래 버스 정류장에서 30분 정도 산길을 달리면 절이 나온다고 들었는데, 내린 눈 때문에 차는 기어갔고 2시간이 지나도록 도착하지 못했다. 주변은 칠흑같이 어두웠고 계속 같은 길을 가고 있는 것 같은데 옆에는 승복을 입은 스님이 운전을 하고 있고 도착은 하지 않으니 이대로 영원히 도착하지 않으면 어쩌나 하는 생각이 들기 시작했다. 이미 내가 죽어 있는 게 아닐까? 죽었는데 죽은지 모르고 이대로 영원히 끝없이 가고 있기만 하는 게 아닐까 싶어져서 울음을 터트리기 직전 절이 나타났다.

넓은 경내가 있고 네 귀퉁이에 대웅전, 종무소, 스님 숙소, 종각이 있었다. 작은 절이었다. 나는 절의 사무실인 종무소 옆에 붙어 있는 방으로 안내받았다. 이불과 좌식책상이 단정하게 놓여 있는 방에 짐을 풀고 잠이 드는 둥 마는 둥 했는데 갑자기 천지를 때리는 듯한 북소리가 울렸다. 문을 조금 열어 밖을 내다보니, 아직 어두컴컴한 하늘엔 별이 수천 개 박혀 있고 불빛 하나 없이 어둡고 고요한 가운데 누군가 북을 두드리고 있었다. 법고였다. 글과 말을 모르는 동물들에게 진리를 깨우치게 하기 위해 울리는 거라고 했다. 그래서 마음에 더 직접적으로 들어오는 소리. 나는 법고 소리를 꿈결처럼 들으며 다시 잠이 들었다.

다음 날 아침 나는 너무나 중요한 사실을 뒤늦게 깨달았다. 절에서는 금연, 금주, 금욕, 채식을 해야 한다. 채식을 해야 한다는 것은 알았지만, 절이 도립공원

내에 있다는 사실을 간과했다. 가장 가까운 마트는 산 아래, 차를 타고 30분을 가야 했는데 나는 운전면허가 없었다. 한마디로 망했다.

그곳에서의 호칭은 단 세 가지, 스님 아니면 법사님 아니면 보살님이다. 나는 홈페이지를 만들러 왔으니 IT보살님이 되었다. 처음에는 종무소의 전산업무일을 도와드렸지만 곧 기도도 접수받고 부적도 팔고 종무소 일을 전반적으로 도와드리며 식구가 되었다. 절에서 지내려면 기본적으로 지켜야 하는 것들이 있다. 새벽 3시 반에 법고가 울리면 다들 마당으로 나온다. 스님이 새벽 예불에 앞서서 도량석을 돌면서 찬가나 게송을 읊으시는데 이걸 따라 돌다가 4시에 법당으로 가서 새벽 예불을 드린다. 예불이 끝나면 몸을 단정히 하고 7시에 채식으로 아침 공양을 먹고 9시에 종무소를 오픈하여 일을 시작한다. 12시에 채식으로 점심 공양 먹고 일하고 5시에 채식으로 저녁공양 먹고 6시쯤 업무를 끝내고 나머지는 휴식 시간이다.

저녁에는 종종 다 같이 지대방에 모여서 젠가나 부루마불, 007빵, 마니또 게임 같은 걸 하면서 놀았다. 스님들하고 부루마불을 하면 너무 자비로우셔서 통행료를 100원씩 깎아주신다. 보통 9시경에는 모두 잠이 든다. 심신이 건강해질 수밖에 없는 일과다. 하지만 사람은 그렇게 살 수가 없다.

금지하면 금지할수록 사람은 더더욱 원하게 되기

마련이다. 결과적으로 절에서 지낸 7개월은 내가 술, 담배, 고기를 가장 많이 즐긴 시기다. 내 체중은 처음 산에 들어갈 때보다 10퍼센트가 늘었다. 새벽 예불은 두어 번 들어갔는데 모두 술 마시다 밤을 새운 날이었다. 몰래 마시는 맥주에 맛 들여서 주량이 급격히 늘었으며 일주일에 한 번 이상 고기를 먹고 날마다 술에 취해 쓰러져 잤다.

'모두가 외로워서 그래요, 외로워서 그래요' 중얼거리며.

절에서 고기를 어떻게 구할까? 중국집에 탕수육을 시키면 온다. 물론 중국집은 산 아래 차를 타고 30분 거리에 있었는데 절까지 탕수육을 배달해주시는 불심 깊은 중국집 사장님이 있었다. 자비로운 탕수육과 깐풍기를 먹으며 중국집 사장님의 성불을 빌고 또 빌었다. 날마다 몰래 담배 피울 곳을 찾아 헤매다가 결국 담배를 원할 때 사러 가기 위해 운전면허까지 땄다. 면허를 따기 위해 한 달 동안 차를 얻어타고 읍내로 내려가야 했지만 나는 그 모든 것을 해냈다. 운전면허 학원은 앞뒤로 다 논이고 닭과 개와 거위 가족이 사는데, 연습용 1톤 트럭을 몰다가 종종 거위 가족이 도로를 가로지르며 다 지나갈 때까지 기다려야 했다. 운전대를 붙잡고 거위 가족의 행진을 지켜보며 금지된 것을 하기 위한 인간의 초인적인 능력에 대해 생각했다.

우리가 몰래 고기를 먹고 술을 마시고 담배를 피우

는 것을 주지스님은 다 아셨을 것이다. 하지만 탓하는 사람은 없었다. 왜냐면 절에서 자신의 본모습을 보는 중생들의 괴로움을 아시니까. 그리고 스님들도 같이했으니까. 곁에서 지켜보니 스님이란 존재는 엄격한 계율에 따라 사는 사람이라기보단 마음에 걸림이 없이 그저 자유롭게 사는 사람인 것 같았다. 금연에 성공한 사람인데 원할 때만 담배를 피울 수 있는 사람이라고 할까나. 동안거/하안거 기간 동안 수행처에 들어가 수행을 하고 나오면 감각이 극도로 예민해져서 담배를 한 번 만지기만 해도 10미터 밖에서도 손가락에 밴 담배 냄새를 맡을 수 있다고 한다. 그래서 수행 기간에는 담배를 안 피운다고. 하지만 절에서는 얽매임 없이 담배를 피우셨다. '담배를 피우면 안 돼'라는 생각 자체에 얽매이는 것을 경계하는 것처럼 보였는데 사실 아직도 잘 모르겠다. 그들이 어떤 단계에 도달했기 때문에 그렇게 자유로웠는지, 아니면 그저 실패한 수행자였는지.

처음엔 스님들 수행하시는 데 방해되는 마구니 같은 존재가 될까 봐 걱정했다. 하지만 그런 걱정조차도 나의 욕심이라는 것을 곧 알게 되었다. 누군가를 마음에 담거나 누군가의 마음에 담기는 것도 욕심, 누군가에게 미안하다고 말하는 것도, 누군가가 내게 미안하다고 말하게 하는 것도 결국 다 마찬가지로 욕심이었다. 나쁜 인연보단 좋은 인연이 좋겠지만 그보다는 인연을 아예 만들지 않는 게 좋다는 S스님의 말을 나는 마음에 굳게 새겼다. 스님들도 나도 다들 성불해서 다음 생애엔 아예 태어나지 말았으면 좋겠다고 기도를 하기도 했다. 이렇게 술, 담배, 고기를 못 끊어 괴로운데 태어나서 괴로움을 피할 수 없다면 성불하여 다음 생에 태어나지 않는 게 낫지 않을까. 나 외에 다른 직원 3명은 모두 절에 와서 연애를 시작했다. 둘은 커플이었고 한 명은 애인을 만나기 위해 저녁마다 차를 타고 읍내로 나갔다. 내가 수행을 방해하는 마구니 같은 존재가 되지 말자고 굳게 다짐하는 동안 나 빼고 모두 하고 있었다.

절에서 지내는 어려움은 금욕, 금주, 금연, 채식도 있지만 그보단 외로움이 가장 컸다. 나는 내가 절에 와서 평상심을 찾았다고 생각했는데 그건 평온한 게 아니라 외로움이 다른 모든 감정들을 짓눌러버린 거였다. 이 외로움은 사람의 방어막을 해제시켜버린다. 절엔 비밀이 없었다. 결국엔 모든 것을 모두가 알도록 되어 있었다. 각자의 모든 것이 낱낱이 벗겨져서 겉껍질은 떨어지고 속 알맹이만 툭툭 떠오르는 느낌이었다. 수행자인 경우엔 그렇게 떠오르는 게 '참 나'겠지만 우리 같은 속인들의 경우 떠오르는 것은 마음 밑바닥에서 오랫동안 썩은 마음뿐이다. 긴 시간을 두고 쌓아온 업보 같은 것. 누구나 그 사람의 모든 것을 볼 수 있다. 어리석은 마음들까지도. 그래서 언제나 부끄러웠고, 언제나 모두가 안쓰러웠다. 술담배 없이 그 시간을 견딜 수가 없었다.

어느 날 퇴근 후에 직원들과 읍내로 나가 아웃백에서 스테이크를 썰어 먹고 건물 앞에서 담배를 피우는데 문득 하산할 때가 되었다는 생각이 들었다. 도를 얻지는 못했으나 나의 어리석음을 깨달았으니 이제 이 산을 내려가도 될 것 같다고. 그리고 적어도 나는 금지구역에서 몰래 피우는 디스의 맛을 알았으니 그것으로 충분했다. 그 맛은 짜릿하기도 했지만 씁쓸함에 더 가까웠다. 몰래 담배를 피우고 있다는 사실을 모두가 다 아는데 굳이 숨어서 조급하게 피우는 마음. 맑아서 더러움이 더 잘 보이는 것과 같다고 해야 하나.

산을 내려오고 6년쯤 지났을 때 S스님에게 연락이 왔다. S스님은 부처님 오신 날 한 보살님과 싸우고는 그대로 절을 떠나버렸다. 소중한 법우들, 주지스님, 숨겨둔 담배, 숨겨둔 맥주, 플레이스테이션 4. 모든 것을 그대로 두고 법복만 입고 떠나셨다. 그사이에 다른 스님들에게 S스님의 소식을 아는지 묻는 전화를 몇 번 받았었지만 나는 아는 게 전혀 없었다. 그런데 메일로 갑자기 연락이 온 것이다.

우리는 강남의 한 호프집에서 만났다. 스님은 사복을 입고 귀여운 털모자를 쓰고 나오셨다. 오랫동안 앓으신 듯 몰골이 어둡고 좋지 않았다. 예전에 빛이 나는 것 같던 맑은 얼굴이 떠올라서 마음이 아팠다. 스님이 절을 떠난 이후부터 지금까지는 블랙홀로 남겨둔 채 빙 둘러가며 그 전과 그 후의 이야기들만 했다. 즐거운 시절의 이야기들.

한참을 뜸을 들이다가 나는 그동안 잘 지내셨냐고 물었다. 스님은 이렇게 말씀하셨다.

"저는 그동안 많은 일이 있었어요. 한없이 착하게도 살아봤고, 야비하게도 살아봤고, 미움도 받아보았고, 몸과 마음과 돈을 다 줘보기도 하고 배신도 당해봤어요. 아주 피폐해져서 터널 속에 들어가 있던 시기가 있었는데 갑자기 탁 하고 떠오르는 깨달음이 있었어요. 힘든 일들은 긴 시간을 두고 차곡차곡 쌓이지만 그걸 빠져나오는 건 순식간이었어요. 그전까지는 중생구제, 중생구제 그랬는데, 중생구제는 무슨. 그전에 내가 누구인지 알고 나부터 잘 살고 나를 바로 세우는 게 도라고 깨달았어요. 거울이 있잖아요. 아름다운 것도 더러운 것도 그대로 비춰주는. 아무리 더러운 것을 비춘다 해도 거울이 더러운 건 아니죠. 거울은 한 번도 더러워진 적이 없어요. 마음도 그와 같아요. 나도 그렇고, 다른 사람들도 그렇고, 개나 길가의 돌멩이도 마찬가지로 그 속엔 한 번도 더럽혀지거나 깨진 적이 없고 그럴 수도 없는, 빛나는 무언가가 들어 있다는 걸 깨달았어요. 그 빛나는 무엇을 불성(佛性)이라고 불러요."

그 말을 듣고 눈물이 났다. 내 안에 한 번도 더럽혀지거나 깨진 적이 없고 그럴 수도 없는 빛나는 무언가가 들어 있다니. 물론 나를 위로하려고 해주신 말은 아니었지만 절에 있을 때 책상에 붙여놓았던 문구, 자등명법등명이 생각났다. 빛처럼 붙들고 갈 존재가 있고 그것이 원래부터 내 안에 있다는 말이 그 순간 얼마나 큰 깨달음으로 다가왔던지. 그 불성이 뭔지는 정확히 모르겠지만 나는 내 안의 불성이라는 것을 믿어봐야겠다 결심했다.

막차 시간이 가까워져서 우리는 호프집에서 나와 광역버스 정류장 방향으로 걸어갔다. 술 취한 사람들이 가득한 거리를 말없이 나란히 걸었다. 취한 사람들을 피하다보니 의도치않게 자꾸 스님과 부딪쳤다. 그때 어떤 뜨끈한 손이 내 엉덩이를 문지르고 지나갔다. '설마 아닐거야' 하는 순간 또다시 그 손이 내 엉덩이를 문질렀다. 주위를 둘러보았지만 근처에 손을 가진 사람은 스님뿐이었다. 그 손이 세번째로 내 엉덩이에 도착했을 때 나는 전속력으로 달려서 서 있는 버스에 올라탔다. 출발하는 버스 창문으로 내다보니 스님은 길 잃은 강아지 같은 표정으로 그 자리에 그대로 서 있었다. 금연구역에서 몰래 피우는 담배의 맛을 알게 해주신 S스님은 마지막으로 내게 인간은 참 복잡한 존재라는 깨달음도 주셨다. 불성을 얘기하고 한 시간도 안 되어서 성추행을 할 수 있는 것이 인간이다. 그 이후로 그 스님의 소식을 물은 적도 들은 적도 없다. 그날 버스에서 내려 피운 담배의 맛은 이제까지 폈던 것 중 가장 씁쓸했다.

아메리카노와 여의도 비키니

대학을 졸업하고 취직을 한 후 몇 달 지났을 때, 일하면서 받은 스트레스를 풀기 위해선 쇼핑으로 한 달 치 월급을 다 써버려야 한다는 사실을 깨달았다. 어차피 잔고가 0이라면 차라리 돈을 안 벌고 스트레스를 안 받고 돈을 안 쓰는 방법도 있지 않을까?

나는 사직서를 서랍에 넣어놓고 고민했다. 하고 싶은 일과, 잘할 수 있는 일과, 해야만 하는 일, 이 세 가지가 일치된 삶을 살고 싶다는 허황된 꿈을 꿨다. 고민하던 차에 회사가 합병이 되면서 월급을 두 달 동안 주지 않았다. 어차피 그만둘 거라면, 공부를 다시 해보자 하고 패기 넘치는 마음으로 다시 영화과에 입학했다.

그런 결정을 별다른 고민 없이 쉽게 해버린 건 내가 X세대에 속하는 사람이기 때문일 것이다. 호시절에 십대를 보낸 사람들 특유의 나이브함 덕분이다. IMF 이후 대학에 가긴 했지만 그때까지만 해도 대학생들은 아르바이트로 쉽게 돈을 벌었다. 등록금도 비싸지 않아서 아르바이트만 해도 등록금도 벌고 생활도 할 수 있었다. 하지만 두 번째로 대학생이 되었을 때, 88만원 세대라고 불리는 사람들과 다시 대학 시절을 보내는 동안 모든 것이 쉽지 않았다. 이상하게 똑같은 일을 해도 버는 돈은 60퍼센트밖에 되지 않았다. 8시간 이상 일하면 줘야 하는 수당을 주지 않기 위해 일부러 6시간씩 근무시간을 끊는 등 사람을 착취하기 위한 각종 기술들이 개발되고 신자유주의화가 용의주도하게 진행되고 있다는 사실을 그때는 몰랐다. 지금 생각해 보면 그때 무언가 행동했어야 했다. 다음 세대를 위해서. 두 시절을 다 경험한 사람으로 변화를 가장 예민하게 알아차렸는데 그냥 이상하네, 이상하네, 하고 어리둥절한 채 가만히 휩쓸려간 것이 뒤늦게 후회된다.

같이 졸업했던 컴퓨터공학과 동기들은 대부분 핸드폰을 만드는 대기업에 취직했다. 당시 IT기업들은 엄청난 속도로 규모를 키우고 있었고 그것은 일종의 막차였다. 그게 막차였다는 것은 떠난 뒤에 알았지만.

아르바이트로는 아무리 해도 돈을 모을 수가 없었다. 당시에 아메리카노를 파는 카페가 생기기 시작했는데 나는 항상 에스프레소만 마셨다. 에스프레소가 제일 쌌기 때문이다.에스프레소에 뜨거운 물을 탄 아메리카노는 몇백 원씩 비싼데 그 몇백 원이 넘을 수 없는 벽처럼 느껴졌다. 친구들이 만나자고 할 때마다 커피값과 회비를 걱정했다.

"그래도 너는 하고 싶은 일 하니까 좋겠다"라는 말을 들을 때마다 생각했다. 내가 정말 하고 싶은 일은 매번 아무 고민 없이 몇백 원 비싼 아메리카노를 주문하는 거라고.

그 당시에 내가 느꼈던 것들은 어느 날 오후에 액자사진처럼 한 이미지로 압축되어 기억에 저장되어 있다. 내가 '아메리카노와 여의도 비키니'라고 이름 붙인 기억이다.

어느 날 영화과 동기 J가 자신의 단편영화에 출연해달라고 연락해왔다. 영화 제목은 〈타히티〉였는데 대본을 읽어도 무슨 얘기인지 알 수가 없었다. 같이 사는 두 여자가 나오는 영화인데, 집에서 늘 비키니를 입고 있는 여자가 있고 옷 좀 제대로 입고 있으라고 늘 나무라는 여자가 있다. 둘은 언젠가 함께 타히티에 가는 꿈을 꾸는데 어느 날 정말로 타히티로 떠나기로 한다. 옷 좀 제대로 입고 있으라고 나무라던 여자는 공항에서 비키니를 입고 여행가방을 들고, 집에서 늘 비키니를 입는 여자를 기다린다. 집에서 늘 비키니만 입던 여자는 멋진 트렌치코트를 입고 아메리카노를 들고 여행가방을 들고 오다가 공항 앞에 비키니를 입고 서 있는 여자를 보고는 모르는 사람인 척 되돌아간다는 이야기다. 친구가 왜 이런 이야기를 썼는지 알 수가 없다. 더 알 수가 없는 건 내가 출연하기로 한 것이다.

집에서 촬영할 때는 좋았다. 다른 동기가 집에서 늘 비키니를 입고 있는 여자 역을 맡았고, 그 친구를 나무라는 역을 맡은 나는 퇴근 후 돌아오자마자 잠드는 연기를 아주 잘했다. 촬영 중에 정말로 잠들어서 스텝들이 나를 깨워가며 촬영을 했다. 연기를 한다기보다는 카메라가 돌아가는 동안 그냥 나 자신의 시간을 살고 있었다. 문제는 야외 촬영이었다. 공항까지 갈 시간과 돈이 없으므로 촬영은 여의도 버스환승 센터에서 진행되었다. 길바닥에 걸터앉아 식은 김밥으로 밥을 먹고 촬영을 시작했다. 트렌치코트를 입은 친구가 아메리카노를 들고 여행가방을 끌며 다가오다가 비키니를 입은 친구를 보고 모른 척 돌아가는 장면을 먼저 촬영했다. 그리고 내 차례.

언제나처럼 한결같은 여의도의 풍경이었다. 해는 아직 서쪽 빌딩 위에 올려져 있었고 맞은편 건물 창이 햇빛을 반사해 주홍빛으로 물들고 있었다. 내가 아는 한 여의도가 가장 아름다운 시간대였다. 매직아워로 불리는 시간. 일찍 퇴근한 직장인들이 바쁘게 버스에 올라타고 있었고 차들은 막힘 없이 쌩쌩 달렸다. 아무도 서로에게 관심을 두지 않았다. 물론 촬영 현장에도 관심을 갖지 않았다. 나는 형광색 비키니 수영복만 입고, 검은색 하이힐을 신고, 왼손에는 은색 손목시계를 찼다. 오른손엔 손잡이를 길게 뽑은 커다란 여행가방을 들었다. 절에서 고기 먹고 찐 살이 튜브처럼 두껍게 비키니 상하의 사이에 걸쳐져 있었다.

감독은 신호등이 바뀌면 어설프게 스윙댄스를 추라는 지시를 내리고 20미터 너머 횡단보도 맞은편에 섰다. 카메라에 빨간색 불이 들어왔다. 초록색 신호등이 깜박거렸다. 나는 머릿속이 하얗게 변했다. 내가 어쩌다가 여기에 서 있는 걸까. 정신이 번쩍 들었다. 갑자기 명료하게 그 상황이 인식되었다. 타히티에 가겠다고 비키니 수영복을 입고 하이힐을 신고 여행가방을 들고 퇴근시간에 여의도 버스환승 센터에 서 있는 사람. 아메리카노를 들고 멀어지는 친구를 쳐다보는 사람. 더할 것도 없고 뺄 것도 없이 그게 나였기 때문이었다. 그 순간 극 중 인물을 연기하고 있는 게 아니라 내가 그 시간 자체를 살고 있다는 게 명확하게 인식되었다. 그때 그 카메라가 찍고 있는 것은 그 순간을 실제로 살고 있는 화면 밖의 나였을까? 연기를 하고 있는 극중 인물이었을까? 그걸 구분할 수 있을까?

여의도의 높은 건물들과 사람들이 갑자기 내게서 멀어지면서 배경이 되어버렸다. 멀어졌지만 오히려 그것들을 아주 세세하게 느낄 수 있었다. 나는 온 감각이 열리고 매 순간을 느끼고 있는 것처럼 느껴졌다. 세상에 나 혼자뿐인 것처럼 느껴졌다. 나 혼자뿐이었지만 외롭지 않았다. 이 감정은 충만함에 가까웠다. 그 순간 나는 어디로 갈 곳이 필요치 않았다. 내가 '지금 바로 여기'에 있다는 느낌. 갑자기 아무것도 부끄럽지 않았고 그 순간 모든 것이 완벽하다는 느낌이 들었다. 카메라가 나를 찍을 수 있을지는 몰라도, 절대로 그때 내가 느낀 것은 카메라에 담기지 않을 것이다. 그것은 카메라보다 훨씬 크다.

그 이후로 인생의 포커스가 먼 미래가 아닌 '지금 바로 여기'로 맞춰졌다. 그전까지는 꿈을 이루기 위해서 지금을 희생해야 한다는 일종의 강박이 있었다. 카페에 갔으면서 에스프레소는 주문하면서 몇백 원 비싼 아메리카노를 차마 주문하지 못하는 가난한 마음.

나는 그 몇백 원짜리 '마음의 여유'를 되찾아왔다. 지금 바로 여기에서 행복하지 못하면 내일이 되어도, 먼 미래에도, 타히티에 간다 해도 행복은 없다.

지나친 도약이라고 생각할 수도 있지만 커피를 마시면서 때때로 마음의 여유에 대해 생각한다. 커피를 마시는 허상의 이미지에 자신을 담기 위해 커피를 마시기 시작하지만 때때로 커피는 '내가 지금 바로 여기에 있다'는 걸 완벽하게 느끼게 한다. 그 순간은 내가 만들어낸 '커피를 마시는 나의 이미지'를 넘어서는 것이다. 커피는 내 몸으로 감각할 수 있기 때문이다.

은하수

담배를 처음 피운 것은 여섯 살 때였다. 할아버지가 내 이름을 부르면 나는 강아지처럼 달려가서 할아버지가 내미는 담배를 피웠다. 우리 집에서 그건 일종의 재롱이었다. 지금이라면 아동학대라고 이웃집 사람이 신고했겠지만, 그땐 1980년대였고 우리 집엔 악취미의 전통이 흐른다. 할아버지의 그런 기질을 가장 많이 물려받은 사람은 난데, 그래서 소설가가 되었고 하고 싶지만 하면 안 되는 것들을 소설 속 인물들에게만 시킨 덕분에 아직까지 감옥에 들어가지 않았다.

할아버지가 내게 내밀었던 담배는 상아색 파이프에 끼워져 있는 은하수였다. 담뱃갑 사진이 생각나지 않아 검색창에 은하수 담배를 입력했다. 첨성대와 별이 그려진 담뱃갑 사진이 모니터에 뜬 순간, 말로 형언할 수 없는 묵은 그리움 같은 것이 갑자기 떠올라서 가슴을 가득 채웠다. 첨성대 그림은 담뱃갑이 놓여 있던 할아버지 방의 풍광까지 같이 데려왔다. 그것이 열쇠라도 되는 것처럼 잊고 있는 줄도 몰랐던 기억들이 쏟아졌다. 그리고 "왜 2020년의 우리는 아름다운 담뱃갑을 가질 수 없는가" 하는 울분도 동시에 떠올랐다. 연기야 남에게 피해를 주니까 지정된 흡연구역에서 피우는 게 맞지만, 아름다운 담뱃갑에서 담배를 꺼내는 행위가 누구에게 피해를 준단 말인가. 내가 은하수 담뱃갑을 보고 할아버지의 방을 떠올렸듯이 미래의 나는 폐암, 후두암, 발기부전 사진과 함께 지금을 떠올릴 것이다.

여섯 살의 나는 담배가 몸에 나쁘다는 것을 이미 알고 있었다. 그렇지만 할아버지가 내미는 담배를 피우는 것을 선택했다. 그것이 할아버지와 내가 관계를 맺는 방식이라고 이해했기 때문이다. 처음부터 담배는 나를 타인과 연결해주는 도구였다. 같은 시공간에서 담배를 태우는 것은 손을 들어 인사를 나누는 것보다 가깝고 악수를 나누는 것보다는 먼, 딱 그 정도 거리감의 친밀감을 형성한다. 그 친밀감은 수직선보다는 수평선에 가깝다. 그것은 담배가 타는 동안 잠시 생겨났다가 사라진다.

할아버지 앞에서 담배를 피우던 시절, 담배를 사러 가는 것은 언제나 오빠였다. 할아버지는 파킨슨병을 앓으셨고 다리에 힘이 점점 빠져서 생애 마지막 10년은 누워만 계셨다(결국엔 췌장암으로 돌아가셨다). 할아버지가 누워 계시던 방은 우리 집에서 가장 큰 방이었고 그 방을 할아버지랑 오빠가 같이 썼다. 내 책상도 그 방에 있었다. 그 방은 늘 담배 연기로 자욱했다. 장롱 앞에 늘 붙어 누워 계신 할아버지, 할아버지의 라디오, 그 옆의 돋보기, 그 옆의 틀니, 그 옆의 은하수. 가장 행복했던 시절의 풍경이다. 그림처럼 마음속 가장 안쪽에 새겨져 있는. 할아버지가 외출하실 땐 휠체어를 타셨는데 휠체어를 밀고 목욕탕에 가는 것, 목욕탕에서 할아버지의 등을 미는 것, 일주일에 두세 번씩 주사기로 관장을 하는 것, 모두 오빠의 일이었다. 우리 집에 그 일을 도맡아 할 어른이 없었던 것은 아니다. 우리 집은 하숙을 했고 방이 많았고 집에 늘 사람이 많았다. 하숙생뿐만 아니라 고모, 작은아버지댁 식구들, 다들 이런저런 사정으로 우리 집에서 몇 년씩 살다 가셨다. 그 힘든 일을 초등학생이었던 오빠가 도맡아서 한 이유는 그냥 오빠가 할 수 있었기 때문이고, 아이가 힘든 일을 하는 것을 보고 즐거워하는 악취미의 전통이 있었기 때문인 것 같다.

할아버지가 소리 지른 적이 딱 한 번 있는데, 내가 담배를 감췄을 때였다. 학교에서 담배는 나쁜 거라고 배우고 온 날이었다. 할아버지는 아프시니까 담배를 피우면 안 된다고 생각해서 서랍 속에 담배를 감췄다. 할아버지는 담배를 가져오라고 소리를 지르셨다. 소리를 질렀다기보다는 "하, 이 못된 지지배 봐라" 정도의 뉘앙스로. 나중에 내가 담배를 피우기 시작하고 나서야 그때 일을 후회했다. 10년 동안 방에 누워만 있었던 사람에게 담배와 라디오가 어떤 의미였을지 그땐 몰랐다. 할아버지의 건강을 악화시키는 데 담배가 일조하긴 했을 거다. 하지만 담배를 안 피우고 1년을 더 사셨다면 더 행복하셨을까? 모르겠다. 증조외할머니는 97세에 돌아가셨는데 돌아가시기 전까지 날마다 담배 한 갑을 피우셨다. 담배와 건강엔 분명히 연관관계가 있지만 '담배=발기부전' '담배=암' 이런 식의 단답형의 인과관계는 없다고 믿고 싶다. 우리의 몸은 정신만큼이나 다채롭고 복잡하니까 누구에게나 일관되게 적용되는 법칙 같은 것은 없겠지. 담배 한 개비의 영향과 가치는 다 다르다고 믿고 싶다. 중요한 것은 지금 나에게 담배 한 개비가 어떤 의미를 가지냐일 뿐.

할아버지가 돌아가시고 녹음테이프 하나가 발견되었다. 머리맡에 놓인 카세트플레이어의 녹음 버튼을 눌러서 이런저런 것들을 혼자 녹음하신 것 같다. 온 가족이 모여 앉아서 그 테이프를 재생했다. 총 길이는 20분 남짓이고 간략한 인생여정을 소개한 뒤에 가족들 이름을 한 명씩 호명하며 그 사람의 훌륭한 점과 고마웠던 점을 나열하셨다. 오빠 얘기가 가장 길었고, 내 이름은 짧게만 언급되었다. 아마 내가 담배를 숨겨서 그런 것 같다. 할아버지는 인생을 담은 녹음테이프를 방송국에 보낼 용도로 제작하셨던 것 같다. TV에 나가 자신의 인생 이야기를 하려고. 하지만 특별한 시대를 살았던 평범한 사람의 이야기에 그 당시 방송국은 관심이 없었겠지. 집 전화번호와 함께 연락 달라고 말하며 끝나는 그 테이프의 마지막 문장은 이렇다.

"이제는 모든 것을 운명에 맡기는 수밖에 없습니다. 운명에 맡기는 수밖에."

담배에 관한 나의 첫 기억은 이렇게 할아버지와 관련된 것들이고 그것들은 한 번도 담배를 떠난 적이 없다. 잘게 조각나서 들어 있는 담뱃잎처럼 그 기억들은 조각조각 부서진 채로 언제나 가라앉아 있다가 내가 담배에 불을 붙일 때마다 잠시 소환되었다가 불꽃처럼 사라진다. 담배라는 단어를 들을 때마다 그 기억이 들어 있는 뇌의 어딘가가 잠시 환해지는 것 같다.

나의 담배는 그렇다. 다른 사람들도 각자의 담배가 있겠지. 담배에 불을 붙일 때면 함께 불려 나오는 기억들. 방처럼 펼쳐지는 기억들. 그래서 담배를 피우는 것은 집을 들고 다니는 것처럼 느껴지기도 한다. 수많은 기억으로 이루어진 집. 그렇지만 무게가 전혀 나가지 않는 집. 담배에 불을 붙이면 그것들은 안정감 같은 특수한 감정의 형태로 몸에 잠시 내려앉는다. 그것이 담배를 끊지 못하는 이유다. 담배를 피우는 것은 단순히 담배를 피우는 것만이 아니라 어떤 기억을, 감정을 잠시 소환하는 의식에 가깝기 때문이다.

*

나는 태어나서 100일이 지나도록 이름이 없었다. 부모님이 이름을 못 지어서. 병원 갈 때도 그냥 정애기라고 불렀다고 한다. 출생신고에도 마감이란 게 있어서 너무 늦게 신고하면 과태료를 내야 한다. 이미 세 달은 훌쩍 넘겼고 과태료가 점점 올라가고 있는 시점에 아빠는 출근길에 사람이 북적거리는 지하철에서 이름의 50퍼센트를 완성하신다. 그래, 은자가 들어가는 이름을 짓자! 그리고 출근해서 출생신고서에 은자를 적고 한 칸을 빈칸으로 남겨둔 채 출생신고를 하신다. 나중에 생각나면 채워넣어야지 하고. 아빠는 구청 직원이셨고 날마다 출생신고 하는 곳에 출근하셨기 때문에 그게 가능했다. 그런데 결국 빈칸을 못 채우셨고 그렇게 짓다 만 이름으로 내가 평생 살고 있다.

그리고 몇 문장을 더 붙이면 이 이야기는 조금 더 정확해진다. 나를 임신하셨을 때 엄마는 결핵에 걸리셨는데, 태아에게 영향을 미칠까 봐 결핵약을 드시지 않았고 임신 기간 내내 앓았다. 내가 태어났을 때 2.2킬로그램이었고 의사는 아기의 심장박동이 불규칙하다고 했다. 부모님은 거기까지만 말씀하셨지만 아마도 다들 내가 오래 못 살 거라고 확신했던 것 같다. 부모님 세대는 태어나자마자 곧 죽는 아기들을 수없이 보아온 세대다. 곧 죽을지도 모르는 아이니까 빨리 이름을 붙여주는 부모의 유형이 있고 그렇기 때문에 이름을 못 붙이는 유형이 있을 것이다. 부모님은 후자이셨던 것 같다. 100일이 지났는데 여전히 건강히 살아 있는 딸에게 이름을 지어주긴 했는데 절반밖에 못 지으셨다. 내가 맨날 모든 것을 반밖에 완성 못 하는 게 혹시 이름 탓인가? 타고난 운명인가? 종종 그런 생각이 든다. 문학수업 시간에 선생님은 문학에서 성공은 마일리지 적립이 되지 않지만, 실패는 마일리지 적립이 된다고 말씀하셨다. 그래서 우리는 망할수록 좋다고 덧붙이셨을 때, 소설에서는 그래도 되지만 실제 삶은 그렇지 않다고 나는 따지고 싶었다. 짓다 만 이름으로 평생을 사는 것이 인생이니까. 매번 이름을 말할 때마다 "제 이름은 정은인데요, 성이 정이고요, 이름이 은. 외자예요"라고 부가 설명을 해야 하는 것이다. 선생님은 인생에 서론이 어딨냐며 소설도 마찬가지이므로 소설의 구조는 본론-본론-본론이라고 말씀하셨다. 나는 그 말에는 동의한다.

아버지는 1942년생이시고 만주에서 태어나셨다. 그 시절에 제대로 영양섭취를 못 했던 아버지는 자주 아프셨는데 결국 척추결핵 진단을 받고 열여덟 살 때 휴학하고 척추에 인공뼈를 이식받는 큰 수술을 하셨다. 척추결핵 진단을 받기 전 아버지가 아픈 원인을 모르던 시절 할아버지는 아버지를 업고 여러 의원을 전전하다가 나중엔 무당도 찾아다녔는데 어떤 용한 무당이 그랬다고 한다. 아버지가 태어나신 집 구들장을 파보면 닭 뼈가 하나 있는데 그걸 파내야 낫는다고. 할아버지는 정말 그 닭 뼈를 찾으러 가려 하셨다고 한다. 하지만 1950~1960년대에 중국은 갈 수 없는 나라였다. 할아버지는 결국 못 가셨다. 아마도 평생 아빠가 아프신 게 닭 뼈를 못 찾아 온 당신 탓이라고 생각하셨을 것이다.

아버지가 태어나신 집 구들장에 파묻혀 있다는 닭 뼈를 종종 생각한다. 한 번도 안 가본 도시에 내가 아는 닭 뼈가 묻혀 있다는 생각을 하면 이상하게 마음이 포근해진다. 그 닭 뼈가 나를 기다리고 있을 것 같기 때문이다. 아직 있다면, 80년을 기다려왔겠지. 만약에 그 닭 뼈를 찾아낸다면 어떻게 할지 종종 상상해왔다. 내 생애 마지막 날을 상상하는 것과 비슷한 방식으로. 나는 그 닭 뼈를 휴지에 싸서 주머니에 넣고, 그 집 앞에서 담배를 피울 것이다. 할아버지가 좋아하시던 상아색 파이프를 구할 수 있다면 그 파이프에 끼워서. 할아버지가 내게 내밀던 은하수의 감촉과 냄새를 기억해내려 애쓰며. 할아버지의 껄껄껄 하는 웃음소리는 기억해낼 필요가 없다. 내가 담배를 피우면 자동 재생되기 때문에.

과테말라와 파나마

9년째 카페에서 일을 하고 있다. 핸드드립 커피를 하루에도 수십 잔 내리게 되는데, 누군가에겐 이것이 오늘의 유일한 커피라는 데 생각이 미치면 정신이 번쩍 난다. 드립을 하다 보면 가끔 물을 붓는 속도와 콩이 반응하는 속도가 딱딱 맞을 때가 있다. 그러면 기분이 정말 좋다. 커피콩과 대화한 것 같고 그런 커피는 안 마셔봐도 맛있는 걸 안다.

내가 추구하는 커피는 아무 생각 없이 다 마시고 난 뒤에 '그러고 보니 맛있었네' 하게 되는 커피다. 은근한 배려 같은, 아무것도 강요하지 않는 편안한 맛. 대화가 없어도 편안한 오래된 친구 같은 커피. 그런 커피를 내리려면 어떻게 해야 하는지 아직은 잘 모르겠다. 그냥 기도하듯이, 그런 맛이 나오길 빌면서 커피를 내리는 수밖에.

늘 같은 커피를 드시는 분이 있다. 이 손님이 자전거를 주차하는 모습이 창밖으로 보이면 나는 과테말라 원두를 갈고 핸드드립으로 뜨거운 커피를 내리기 시작한다. 하지만 매번 처음 본 손님처럼 주문을 받는다. 주문하자마자 10초 만에 핸드드립으로 내린 과테말라 커피가 나올 테지만. 한번은 과테말라가 아니라 아주 연한 브라질 커피를 주문했는데 세상이 무너지는 것 같았다. 어디 큰 병에 걸린 건 아닐까 걱정도 되었고. 다행히 그런 적은 그때 한 번뿐이었다. 한번은 이분이 떠난 자리에 빈 커피잔과 함께 사진이 한 장 놓여 있었다. 쓰레기를 두고 갔나 싶어서 보니 커피를 내리고 있는 내 모습이었다. 직접 주면 좋을 텐데 분실물처럼 혹은 쓰레기처럼 그냥 테이블 위에 두고 떠나다니. 조금 섭섭하다가도 항상 처음 온 손님처럼 대하는 것이 규칙이라는 것을 상기하곤 그저 고마워하며 사진을 내 방 냉장고에 붙였다. 웃음기라곤 조금도 없이 무표정으로 커피를 내리는 그 사진이 솔직히 마음에 들었다.

그는 주로 혼자 오지만 한번은 일행을 데리고 온 적이 있었다. 과테말라와 케냐를 주문했고 나는 당연히 과테말라를 그 손님 앞에, 케냐를 일행 앞에 놓았다. 그러자 같이 오신 분이 무슨 커피인지 알려주지도 않고 그냥 놓고 가면 어떻게 하냐고 말했다. 나는 똑같이 생긴 두 잔의 커피를 내려다보았다. 내 두 눈은 두 잔의 커피를 내려다보고 있었지만 그 단골손님과 눈이 마주친 기분이었다. 그는 그때 어떤 생각을 하고 있었을까?

그때 든 생각은 네 가지였다. 첫째, 이 손님이 9년째 쉬는 날마다 여기에 와서 과테말라를 드신다는 사실을 일행분은 아직 모르는구나. 둘째, 그런데 그 장소를 공개하다니 과테말라 손님한테 이분은 아주 특별한 분이구나. 셋째, 이분은 자신이 특별한 대우를 받고 있다는 사실을 아직 모르는구나. 넷째, 이분보다 내가 과테말라 손님과 더 많은 시간을 같은 공간에서 보냈겠구나.

그렇게 생각하니 갑자기 아득해졌다. 그 시간의 무게가 절대 가볍지 않다.

카페 직원들은 카페에서 일어나는 모든 일에 신경을 쓰고 있지만 기본적으로는 스스로 투명인간이라고 여긴다. 투명인간인 채로, 손님들에게 열 걸음 정도 떨어진 채로 느끼는 이상한 동질감과 동지애가 혼자만의 것이라면, 어쩌면 나도 모르는 새에 마음속에 거대하고 기괴한 건축물을 쌓고 있었을지도 모르겠다고 이런저런 생각들이 머릿속에서 휘몰아치고 있었지만 나는 아주 느릿한 말투로 공손하게 사과한 다음 "과테말라를 어느 쪽에 드릴까요?" 하고 물었다. 물론 커피잔의 위치를 바꾸는 수고를 할 필요는 없었다.

*

커피 맛은 취향의 영역이기 때문에 손님이 커피 맛을 설명해달라고 할 때마다 난처하다. 좋아하는 배우를 내가 왜 좋아하는지 설명해야 하는 것과 비슷한 난처함이다. 좋아서 좋은 걸 어떻게 설명하나. 내가 좋아하는 것들의 합이 나일 텐데, 별거 아니지만 그걸 낯선 사람들에게 꺼내 보이려면 용기가 필요하다. 그리고 그 커피를 마시는 사람이 내가 한 설명으로만 커피 맛을 한정 짓게 될까 봐 그것도 두렵다. 가능하면 아무런 가이드 없이 자유롭게 커피 맛을 느끼면 좋겠다. 분명히 맛이라는 것은 표현될 수 있는 언어의 영역을 넘어서는 것일 테니까. 그래서 커피 맛을 묻는 손님에게는 최소한의 가이드로 연합니다, 진합니다, 신맛이 있습니다 정도로만 대답한다. 바보 로봇처럼 느껴질 수도 있겠지만 달리 방법이 없다.

커피 맛에 각자의 취향이 있다면, 숙성도에도 취향이 있다. 김치에 겉절이파와 묵은지파가 있는 것처럼 커피에도 갓볶은 콩파와 기름진 콩파가 있다. 콩을 볶고 3일째까지는 향이 좋지만 맛은 어딘가 좀 싱겁다. 3일 이후부터는 향은 약해지지만 점점 커피 맛이 든다. 하루하루 지날 때마다 콩이 본래 자신이 가진 맛을 찾아가는 것 같다. 나는 김치는 겉절이가 좋지만 커피콩은 절대적으로 묵은지파다. 볶은 지 며칠 지난 콩이 더 맛있다고 권해주고 싶지만 손님들 취향은 천차만별이라 매번 조심스럽다. 커피 향을 중시하는 겉절이파 손님에게 볶은 지 3일 지난 콩을 내주는 일은 괴롭다. 그럴 때마다 크리스피크림처럼 Now Roasting 네온사인을 달아 갓 볶은 콩이 있다는 표시를 했으면 좋겠다는 생각을 한다.

사람들 취향은 천차만별이어서 겉절이파와 묵은지파 말고 반반파도 있다. 반반파 손님들은 언제나 기름기가 흐르는 콩과 안 그런 콩을 반반 섞어달라고 주문한다. 매번 다른 조합으로. 경쾌한 목소리로 "그렇게 마시는 게 더 재밌잖아요!" 하시는데 콩을 담는 나한테까지 그 즐거움이 그대로 전해진다. 그렇다. 커피는 생필품이지만 사치의 영역이기도 하니까 가능한 한 즐겁고 쓸데없고 재밌어야지.

내가 가장 좋아하는 커피는 볶은 지 한 달 지난 파나마다. 파나마는 처음 볶았을 때는 맛이 복잡해서 뭔지 잘 모르겠다는 생각이 드는데 한 달 이상 묵힌 다음 마시면 숙성되면서 맛이 부드럽게 하나로 모여져서 놀랍도록 맛있어진다. 긴 세월 있는 듯 없는 듯 분위기파로 지낸 배우가 갑자기 그것 자체가 새로운 성격이 되어 대단히 매력적인 연기를 보여주는 것처럼. 오래되어 기름진 커피로 내린 맛 좋은 커피를 마실 때마다 새삼스럽게 커피콩이 늘 살아 있다는 생각이 든다. 타버린 지 한 달이 지나도 여전히 공기와 반응해서 나름의 화학반응을 열심히 하여 맛을 만들어내고 있다니 커피콩은 참 열심히 살아 있구나. 한 달 지난 파나마 커피는 사치스럽다. 왜냐하면 한 번에 콩을 1킬로그램씩 볶는데, 이 원두가 한 달 동안 안 팔리고 남아 있어야 그 맛을 볼 수 있기 때문이다. 파나마 원두를 주문받을 때마다 미적거리며 천천히 봉투에 담는다. 혹시라도 마음을 바꾸시지 않을까 기대하며. 그때마다 손님이 음식을 안 남기고 다 먹어치우는 것을 안타깝게 바라보는 횟집 고양이가 된 기분이다.

연애와 금연

담배를 어떻게 끊었냐고 물어보면 금연자들은 어느 날 갑자기 끊었다고 대답한다. 하지만 다들 알고 있다. 담배 피우는 걸 멈출 수는 있어도 끊을 수는 없다. 그 관계에 정전은 없다. 오직 휴전뿐. 담배를 끊으면 얻는 게 많을까. 잃는 게 많을까. 잘 모르겠다. 담배를 끊으면 담배를 피우는 내 모습도 잃는다. 담배를 피울 때는 하루가 피우는 담배 개수만큼 분할된다. 하루에 3개 혹은 12개 혹은 20개로. 하나의 담배와 또 다른 담배 사이의 간격만큼 분할되던 하루가 분할이 안 된 채 붕 떠버린다. 시간관념 체계가 엉망이 되어버린다. 아침 담배와 함께 시작하던 오늘 하루가 시작되지 않는다. 계속 어제를 살고 있는 기분이다. 금연하면 담배 피우는 만큼 시간을 벌 수 있다니, 그런 건 없다. 담배를 못 피우는 시간을 더 얻었을 뿐. 그럼에도 담배 피우기를 중단한 사람들이 있다. 나도 그렇다.

내가 한동안 담배를 끊은 것은 카페에서 일하게 된 덕분이었다. 일주일에 이틀만 일할 카페 직원을 구한다는 얘기에 면접을 보러 갔는데 정말 이상한 면접이었다. 카페 사장님은 아무것도 묻지 않았다. 어떤 학교를 다녔고 어떤 삶을 살았는지, 어디에 사는지. 심지어 이름도 안 물어봤다. 그저 글을 쓰냐고 묻고는 커피는 그냥 줄 테니, 쉬는 날은 와서 글을 쓰라고 했다. 그 전까지 수많은 아르바이트를 전전했었다. 그러다가 그런 환대에 가까운 면접을 보고 나니 항상 바닥에 발이 떠서 유령처럼 돌아다니다가 처음으로 내 자리를 받은 것 같았다. 카페에서 일하면 우연한 만남에 대해 기대를 하게 된다. 보고 싶지만 더는 연락을 못 하게 된 사람들이 어느 날 우연히 저 문으로 들어오지 않을까 하고. 그리고 실제로 그런 일이 일어났다. 손님이 아무도 없는 쌀쌀한 늦은 봄날 저녁, K가 꿈처럼 걸어 들어와서 자리에 앉았다.

내가 말보로 라이트를 처음 산 뒤로 6년이 지났기 때문에 그사이에 나는 조금 변했다. 말보로 라이트 대신 팔리아멘트 1밀리를 피우고 있었다. K는 이제 담배를 피우지 않는다고 했다. 그리고 술도 마시지 않고 커피도 마시지 않고 고기도 먹지 않고 섹스도 하지 않는다고 했다. 그게 다 조지 해리슨 때문이라고 했다. 그는 조지 해리슨의 음악을 너무 좋아해서 그의 생활방식을 따라 금연, 금주, 채식을 시작했고 지금 이 생활에 완전히 만족한다고 했다. 마음에 평화와 고요가 깃들었다고 했다. 그에게 평화가 찾아온 만큼 내게는 지옥이 되돌아왔다. 담배 피우는 자세를 잃어버린 그도 여전히 좋았기 때문에.

그 뒤로 몇 달 동안 나는 그를 열심히 쫓아다녔다. 그리고 결국 사귀게 되었다. 그가 좋아하는 사람의 생활방식을 따르려고 했던 것처럼 나도 그의 생활방식을 따르려고 노력했다. 나는 담배를 끊고, 술을 끊고, 커피를 끊고, 고기도 끊으려고 노력했다. 그리고 그가 금욕을 포기하도록 더 노력했다. 약간 미친 듯한 이상한 열정에 휩싸여서. 그 모든 것들을 끊으니 새사람이 된 것 같았다. 나는 양질의 숙면을 취했고, 아침마다 가벼운 몸으로 일어났으며 날마다 창조력이 솟아올랐다. 커피와 담배가 위대한 작품을 낳는다는 것은 거짓말이었다. 위대한 작품은 쾌적하고 건강한 몸이 쓴다. 숙면이 창조의 어머니다.

계속 그렇게 살았으면 훌륭한 작가가 되었을 텐데, 곧 이렇게 사는 게 무슨 의미가 있나 하는 회의가 들이닥쳤다. 커피와 담배 없이 숙면의 힘으로 훌륭한 작품을 생산하는 삶보다는, 그냥 커피를 마시고 담배를 피우고 괴로워하며 그럭저럭한 글을 쓰는 게 낫겠다는 생각이 스멀스멀 올라오기 시작했다. 무미건조한 삶보다는 고통도 있고 행복도 있고 많은 것들을 견디는 삶이 더 의미 있어 보였다. 아니 사실 이 모든 것은 다 핑계고 그냥 내 몸은 카페인과 니코틴을 원했다. 나는 금욕이 싫었다. 나는 그가 아무것도 원하지 않는 사람이 된 것이 싫고 미웠다.

대학교 다닐 때 미술 동아리에서 활동했는데 그때 멋진 여자 선배가 한 명 있었다. 소주와 새우깡을 도시락처럼 싸 들고 와서 소주를 아메리카노처럼 홀짝홀짝 마시며 책을 읽던 선배. 그 선배가 어느 날 동아리 일지에 적었다.

"사랑하는 사람이 생긴다는 건, 세상에 약점잡힐

일이 생긴다는 뜻이야. 그래서 나는 약점 잡힐 일은 안 해."

꼬맹이였던 나는 고개를 끄덕이며 역시 선배는 어른이라고 감탄했다. 그렇게나 매력적이었던 사람은 정말로 연애 한 번 안 하고 졸업했다. 드라마 작가가 되었다는 소식을 들었는데 나중에 알고 보니 로맨스 코미디의 대가였다. 그때의 배신감이란. 만나게 되면 묻고 싶었다. 여전히 세상에 약점 잡힐 일을 만들지 않기 때문에 로맨스 드라마를 잘 쓸 수 있는 건지 아니면 정반대인지.

조금 더 나이가 들자 세상에 약점 잡힐 일을 일부러 만드는 사람이 어른처럼 느껴졌다. 아무것도 하지 않는 사람보다는 약점이 있는 사람이 더 매력적이고, 책임지고 감당하겠다는 마음으로 과감하게 일을 저지르는 사람이 더 어른 같다. 그렇게 생각하며 나는 끊었던 담배와 커피와 술과 고기를 다시 시작했다. 그에게는 말하지 않고 몰래몰래. 하지만 점점 내가 더러운 사람이 된 것 같았다. 그가 한없이 깨끗하게 느껴질수록 나 자신이 불결하게 느껴졌다. 그가 해낸 것들을 나는 제대로 해내지 못했다. 나는 스스로에게 실망했고 고통스러웠고 그것은 다시 칼날이 되어 그에게로 겨눠졌다. 나는 또다시 그의 탓을 했다. 그의 존재 자체가 내게 고통을 준다고 생각했다. 그는 그저 그 자신으로 살고 있을 뿐인데, 나는 지금까지의 내 모든 삶이 모독당

한 것처럼 느껴졌다.

그를 마지막으로 본 날은 크리스마스이브였다. 카페에서 여럿이 작은 파티를 하기로 했고, 그는 채식 바나나 파운드 케이크를 직접 구워 왔다. 나는 그와 만날 때는 채식을 했지만 다른 때는 그렇게 하지 않았다. 그날은 어쩐 일인지 그에게 솔직해지고 싶었고 그가 보는 앞에서 고기를 먹었다. 보란 듯이 술도 마시고 담배도 피웠다. 그는 조용히 가방을 들고 일찍 그곳을 떠났다. 그의 뒷모습을 본 마지막 날이었다. 그는 그 문으로 걸어 들어온 것처럼 마지막에도 그 문으로 걸어 나갔다. 한때 내가 반했던 그 머쓱한 뒷모습으로. 그 광경이 슬로모션처럼 아주 천천히 재생되고 있었고 나는 따라 나가지 않았다. 내 몸은 두려움으로 얼어 있었다.

그는 내가 들은 말 중 가장 잔인한 말을 한 사람이다. 그 말은 "혹시 내가 이해해달라고 했나요?"다. 아주 조심스럽게 속삭이듯이. 만약 그랬다면 미안하다는 듯이. 그때의 나는 언제나 최선을 다해 남을 이해하려고 노력하는 사람이었기 때문에 그 말은 나한테는 꺼지라는 말처럼 들렸다. 그렇지만 그 말을 듣는 순간에도 왜 그런 말을 할까 이해하려고 했던 것 같다. 이해하려는 시도에서 오해가 비롯된다는 것을 모르고. 내가 들었던 가장 잔인한 이별의 말도 그한테 들었는데 그것은 존댓말로 "연락하지 말아 줄래요"였다. 그가 뒷모습을 보이고 사라진 뒤 일주일 뒤에 문자로 받았다. 나는 그렇게 하겠다고 했고 "네, 고마워요"라고 답장이 왔다. 나는 그렇게 고마운 사람이 된 게 화가 나서 한동안 가까운 사람들에게 그에 대한 분노를 쏟아내곤 했다. 고기를 먹는다는 이유로 차였다고 여기저기 떠벌리고 다녔다. 그때의 나는 굉장히 비열했다. 그런 한 문장으로 간단히 줄여서 말할 수 있는 문제가 아니었다.

나는 그를 제대로 이해해주지 못한 나 자신에 대해서도 화가 났었다. 그게 이해의 문제가 아니라 존중의 문제였다는 것을 깨달은 건 한참 뒤다. 그가 바란 것은 이해가 아니라 그저 존중이었던 것 같다. 그가 선택한 삶의 방식에 대한 존중. 나는 좋아하는 마음이 있으니까 된 거라고 생각했는데, 존중하지만 좋아하지 않을 수 있듯이 좋아하지만 존중하지 않을 수 있다. 존중해도 그것을 상대방이 느끼도록 표현 못 할 수도 있고. 어쨌든 상당한 노력이 필요한 일인 것이다. 나는 어쩌면 처음부터 미리 포기하고 있었는지도 모르겠다. 내가 상처받지 않도록 방어막을 미리 쳐놓는 데에만 내 온 노력을 다 쓰고. 가장 큰 실수는 정확하게 알려는, 알리려는 노력을 게을리한 것이다.

나는 반쯤 고의로 나에 대해서 이런저런 오해를 하게 내버려두었다. 정확하게 알게 하는 것은 언제나 두려움을 동반하니까. 좋아하는 사람의 마음에 어떤 식으로든 길을 내고 싶다는 유치한 욕망도 있었다. 즐거움의 길보단 괴로움의 길을 내는 게 더 쉬워 보였고. 이제는 너무 늦은 얘기가 되어버렸지만, 그를 제대로 아는 게 존중이 아니라 그가 나를 제대로 알도록 해주는 게 존중이라는 것을 최근에 깨달았다. 그가 가진 것을 내게로 가져오는 것이 아니라 내가 지닌 것을 온전한 형태로 그가 받아볼 수 있도록 전달하는 섬세한 마음, 그 정성이 존중인 것 같다. 사람이 자신의 어리석음을 깨달을 때마다 성장하고 덜 어리석어진다면 좋겠지만, 그냥 나는 같은 실수를 반복하는 자신의 어리석음을 아는 여전히 어리석은 사람이 될 뿐인 것 같다.

그 후, 나는 흡연을 잠시 중단한 사람이 되었다.

커피와 시,
그리고 고독

커피는 앎이고 구원이며 힘이며 포기이다.

커피의 기능은 세상을 변화시키는 것이며 커피를 마시는 행위는 본래 혁명적인 것이지만 정신의 수련으로서 내면적 해방의 방법이기도 하다.

커피는 이 세계를 드러내면서 다른 세계를 창조한다.

커피는 선택받은 자들의 빵이자 저주받은 양식이다.

커피는 격리시키면서 결합시킨다.

커피는 여행에의 초대이자 귀향이다.

커피는 들숨과 날숨이며 근육 운동이다.

커피는 공을 향한 기원이며 무의 대화이다.

커피의 양식은 권태와 고뇌와 절망이다.

커피는 기도이며 탄원이고 현현이며 현존이다.

커피는 악마를 쫓는 주문이고 맹세이며 마법이다.

커피는 무의식의 승화이자 보상이고 응집이다.

커피는 계급과 국가, 인종의 역사적 표현이면서 역사를 부정한다. 커피 속에서 모든 객관적 갈등들이 해소되고 인간은 마침내 일시적으로 스쳐 가는 것 이상의 어떤 것에 대한 의식을 얻게 된다.

커피는 경험이며 느낌이며 감정이며 직관이고 방향성이 없는 사유이다.

커피는 우연의 소산이자 계산된 결과물이다.

커피는 세련된 형식을 사용하여 말하는 기술이자 원시적 언어이다.

커피는 규칙에 복종하며 동시에 규칙들을 창조한다.

커피는 선대를 흉내 내는 것이며 실재의 모방이고 이데아의 모방에 대한 모방이다.
커피는 광기이며 황홀경이고 로고스이다.
커피는 어린 시절로 돌아가는 성이며 성교이고 낙원과 지옥 그리고 연옥에 대한 향수이다.
커피는 놀이이고 노동이며 금욕적 행위이다.
커피는 고백이다.
커피는 본래적 경험이다.
커피는 비전이며 음악이고 상징이다.
커피는 아날로지이다.
커피는 세상의 음악이 울리는 소라고둥이고, 커피의 맛과 향은 전체적인 조화의 상응이자 울림이다.
커피는 교육이자 도덕이고 계시이며 춤이고 대화이며 독백이다.
커피는 민중의 목소리이자 선민의 언어이고 고독한 자의 말이다.
커피는 순수하면서 순수하지 않고, 신성하면서도 저주받았고, 다수의 목소리이면서 소수의 목소리이고, 집단적이면서 개인적이고, 벌거벗고 치장하고, 말하여지고, 색칠되고, 쓰여져서, 천의 얼굴로 나타나지만 결국 커피 밤—인간의 모든 작위의 헛된 위대함에 대한 아름다운 증거!—을 숨기고 있는 가면일 뿐이다.

위의 글은 옥타비오 파스의 『활과 리라』의 앞부분에서 시가 들어갈 자리에 커피를 넣은 것이다.

그래도 말이 된다. 커피는 시적인 면이 있다. 담배를 넣어볼까? 그래도 말이 된다. 여기까지 이 책을 읽은 사람이 그래서 도대체 당신한테 커피와 담배는 무엇입니까?라고 묻는다면, 내 안에 있는 나도 모르는 나를 만나게 해주는 수단이라고 대답하고 싶다. 그것도 아주 시적인 방식으로.

*

미셸 슈나이더의 『글렌 굴드, 피아노 솔로』에는 고독에 관한 이야기가 나온다. 내가 나 자신을 벗 삼고 있으면 고독이고, 누구와 함께 있어도 내게 결핍되어 있는 게 나 자신이면 고립이라고 슈나이더는 적었다.

> 혼자 있다고 꼭 고독 속에 있는 것은 아니다. 내가 말하는 고독은 물론 '다른 사람이 없는 상태'를 의미하지만 이 순간 나는 나 자신을 벗 삼고 있다. 반면 내가 혼자 있든 누구와 함께 있든 나 자신이 내게 결핍되어 있을 때, '내게 결핍되어 있는 그 누구'가 다름 아닌 나 자신일 때, 이런 상태는 고립이다(반대로 사랑은 상대방이 거기 있을 때조차 그가 그리운 상태를 말한다). 고독 속에 있다는 것은 상대방이 거기, 내 안에 있다는 확신을 느끼

는 것이다. 그런가 하면 상대방과 내가 모두 결핍되어 있는 단절도 있다.

빗대어 말하면, 커피와 담배는 고립을 고독의 상태로 만들어준다. 커피와 담배는 내가 나 자신과 함께 있게 해준다. 각자의 안에는 결코 들여다볼 수 없는 블랙홀 같은 부분이 있고 그것이 일으키는 중력의 힘이 우리를 앞으로 나아가게 한다. 스스로에 대해 모든 것을 이미 다 알고 있다면 더 알 필요가 없을 것이다. 우리가 이해할 수 없는 내면의 어떤 부분이 있다는 것을 스스로 인정하는 것만으로도 인간은 성숙해진다.

연인은 거울을 들고 이 내면의 타자를 비춰주는 자이고, 커피와 담배도 비슷한 역할을 한다. 그것은 일단 시간을 벌어준다. 커피 한 잔의 시간, 담배 한 개비의 시간은 아주 잠시라도, 우리에게 그 시간을 벌어다 준다. 커피의 검은 액체를 들여다볼 때마다, 담배의 타들어가는 불을 볼 때마다, 매일 조금씩 내면의 또 다른 나의 모습을 들여다보는 것이다. 그게 아니라면 그것이 일으키는 이상한 매혹을 설명할 길이 없다. 의식을 하지 못하더라도 우리는 그 시간에 잠시 우리 자신을 만나고 고립된 상태를 고독의 상태로 바꾼다. 그 순간은 혼자 있어도 완전하다는 느낌을 갖게 한다.

혼자 있어도 완전하다는 느낌이 뭐냐고 다시 질문을 던지면 그것은 잠시 죽음을 경험하는 것이라고 답

하고 싶다. 모든 과업을 끝낸 완전한 인간은 죽은 인간이다. 죽음은 두렵지만 매혹적인 것이고 커피와 담배는 어떤 식으로든 죽음을 떠올리게 한다. 그건 매번 작은 죽음을 경험하는 것과도 같다. 안전한 방식으로. 살아 있다는 것을 더욱 강하게 느끼게 하는 방식으로. 적어도 나에게 커피와 담배는 그렇다.

공항에서 보낸 하룻밤

공항에서 보낸 하룻밤, 하면 로맨틱한 느낌이 들기도 하지만 대부분은 구질구질한 기억이라는 것을 곧 깨닫게 된다. 여행 중 돈이 다 떨어져서 공항에서 하룻밤을 보낸 적이 많다. 그리고 인천공항에서도 하룻밤을 보낸 적이 있었다.

공사 중인 인천공항 탑승동에서였다. 아르바이트 사이트에서 단기 아르바이트를 구한다는 글을 보고 약속한 저녁 6시에 여의도공원 앞에 나가보니 열 대가 넘는 관광버스가 대기 중이었다. 사기를 당해도 수백 명이 같이 당한다면 어쩐지 안심이 되기 때문에 일단 버스에 올라탔다. 버스는 수백 명의 사람들을 아직 공사 중인 인천공항 탑승동에 내려놓았다.

우리의 임무는 밤새도록 탑승동을 돌아다니며 이동 시간을 체크하는 것이었다. 당연히 안전과 보안을 위해서 출입문은 굳게 닫혔다. 막 만들어진 셔틀 트레인을 타고 탑승동으로 가서 게이트까지 걷고 또 걸었다. 시간을 재고 다시 돌아와서 또 다른 게이트를 향해 걷고 또 걸었다. 수백 명의 낯선 사람들과 함께 탑승동 안에 갇혀서 유령처럼 돌아다녔다. 첫 비행기가 뜰 때까지.

담배를 몹시 피우고 싶었으나 공사 중이라 곳곳에 인화물질이 있었고, 아직 흡연실이 만들어지지 않았다. 그곳엔 음악도 없고 안내방송도 없었다. 일하는 사람도 없었다. 면세점에도 사람이 없었다. 물건도 없었다. 오로지 통로뿐이었다. 모집을 어떤 방식으로 했는지는 몰라도 다양한 연령대의 사람이 섞여 있었다. 천국에 가본 적이 없지만 천국이 있다면 이런 모습이 아닐까. 아니지, 담배가 없다면 천국이 아니지. 어떤 사람들은 담배 연기를 싫어하니까 담배 연기가 없는 곳이 천국이겠지. 그렇다면 나는 담배가 있는 지옥을 택하겠다.

장소가 아닌 장소에 있다 보니 갖가지 상념이 들었다. 상념이 들다가 내가 상념 그 자체가 된 것 같았다. 담배를 피우고 싶은 마음이 간절했기 때문일까? 탑승동 안을 걷고 또 걷는 수백 명의 우리들이 한 개비의 담배 안에 들어 있는 상념 같다는 생각이 들었다. 긴 탑승동이 하나의 담배라면, 불꽃을 내며 하늘로 날아오르는 비행기가 연기라면, 담배 안을 정처 없이 돌아다니는 우리는 하나의 상념이겠지. 다만 우리는 비행기 티켓이 없는 승객이므로, 연기가 되어 하늘로 날아오르지 못할 것이다. 그저 끝없이 이 담배 안을 헤매다가 첫 비행기가 뜰 시간이 되면 초코파이와 바나나우유를 얌전히 받아 들고 다시 관광버스에 올라 집으로 돌아갈 것이다. 다음 날 통장엔 6만 원이 입금될 테고.

담배와 가장 잘 어울리는 장소는 물론 카페다. 그리고 그다음은 공항이라 말하고 싶다. 공항은 이상한 장소다. 장소와 장소를 연결하는 일종의 통로이면서 동시에 머무를 수 있는 장소이다. 공항을 거치고 나면 우리는 완전히 다른 시간대, 다른 날씨, 다른 공간에 떨어지는데 그런 이상한 변화를 평범하고 일상적인 일들처럼 만들어준다는 면에서 공항은 특별한 장소다. 그리고 담배엔 공항 같은 구석이 있다. 담배를 피우다가 떠오른 생각들, 나눈 말들은 때때로 비행기처럼 우릴 다른 장소로 데려다 놓는다. 그것이 일상적인 것처럼 느껴져 미처 인식하지 못하더라도. 우리는 담배를 피우고나서 다른 시공간에 도착해 있다. 평상시에는 멀리 뻗어나가지 못하는 생각들이 담배를 피울 때면 멀리멀리 나아간다. 비행기를 탄 것처럼, 이 관계가 망상 같다는 생각도 들지만 망상의 도움 없이 한 번도 가본 적 없는 다른 곳으로 갈 수 있을까?

한 개비의 담배가 매번 하나의 여행이라고 생각하면 어떨까. 그것은 매번 우리를 조금씩 변화시킨다. 담배를 피우기 전과 나는 조금은 달라져 있다. 내가 그것을 의식하지 못하더라도. 담배를 피우기로 한 매번의 작은 선택들이 나를 바꾼다. 내 몸의 성분을 바꿨을 수도 있고, 내 생각을 바꿨을 수도 있다. 담배를 안 피우고 아무것도 바뀌지 않기를 선택한 사람이 있을 수 있고, 그것이 좋은 변화든 나쁜 변화든, 담배를 피우고 바뀌기를 선택한 사람도 있을 것이다.

담배는 누군가에게는 해로운 것이고 누군가에는 수많은 기회이다. 그것으로 만나게 된 사람, 그것으로 잃게 된 것들, 얻게 된 것들. 무엇이 옳다고는 말할 수 없다. 그건 각자의 삶에서, 그동안 펼쳐진 삶과 앞으로 펼쳐질 총체적인 삶 안에서 결정된다.

커피값

한 시간이란 단어를 들었을 때 즉각적으로 떠올려지는 것이 사람마다 다를 테지만 나는 언제나 5000원이 떠오른다. 지금은 최저임금이 올랐지만 오랫동안 내 한 시간의 가치는 5000원이었다. 날마다 얼마를 벌었는지를 시간으로 계산했다. 그래서 커피값이 비싼 카페에 가게 되면, 여기서 일하는 직원은 한 시간 임금으로 이 커피를 한 잔 살 수 있을까가 늘 궁금하다. 물론 마음속에서 커피 한 잔의 값어치는 실제 가격 그 이상이다. 가계부 어플이 절약 팁을 알려준다면서 "이번 달 지출이 많네요? 커피값을 줄여보면 어떨까요"라고 하면 "아무것도 모르면서!"라고 외치면서 어플을 지워버린다.

고시학원에서 인터넷 강의 촬영을 한 적이 있다. 인터넷 강의를 볼 때는 그 장면을 촬영하는 누군가가 있다는 걸 떠올리기 쉽지 않지만 사실 그곳에는 사람이 있다. 내가 일하던 고시학원은 여러 개의 학원을 거느리고 있었다. 공무원 수업, 임용고시, 경찰공무원, 공인중개사. 종목에 따라 수강생의 분위기가 완전히 달랐다. 공인중개사 수업은 중년이 많았다. 강사가 "이 한 문제 외울 때마다 10만 원을 번다고 생각하세요"라고 말하면 졸던 수강생들이 자세를 고쳐앉았다. 공인중개사 수업 내용은 주로 누가 어떤 사기로 돈을 벌었는가가 주된 내용이었다. 왜냐하면 그렇게 법의 빈 구멍을 공략해서 누군가 돈을 벌고 나면 그걸 막기 위해 법이 만들어지기 때문에. 사기꾼들의 행적을 따라다니면 부동산법을 배울 수 있었다. 학원가에는 도난이 많은데 유일하게 '도난 주의' 안내문이 붙어 있던 곳은 경찰고시학원이었다. 고시생들의 표정은 어딘지 모르게 광역버스 승객들과 닮은 구석이 있었다. 경계에 있는, 거쳐 가는 곳에 있는 자의 표정이었다. 견뎌내는 담담한 얼굴들. 휘발되어버려야만 하는 시간들.

노량진은 최선을 다하는 사람들이 모여 있는 곳이다. 모두들 예민하고 그래서 서로 신경 쓰고 배려하려고 최선을 다했다. 비슷한 목적을 가진 사람들이 만 명 단위로 모여 있을 때는 그 에너지가 시너지 효과를 일으킨다. 솔직히 숨 막혔고, 우울했다. 아니라곤 말 못하겠다.

나의 일은 강의 내내 카메라로 강사를 따라다니면서 칠판과 강사의 모습을 찍어서 회사에 넘기는 것이었다. 모든 몸짓, 필기 내용, 목소리를 담아야 했다. 강사를 집요하게 쫓아다녀야 하는 그 일 자체의 속성에 폭력적인 무언가가 있는데 그 알 수 없는 무엇이 매번 나를 견딜 수 없게 했다. 그것에 대한 대가가 시간당 5000원이었다. 하지만 그래도 할 수 있는 만큼은 최선을 다했다. 아름다움은 눈을 편안하게 만든다고 생각했기에 강사를 가장 아름다운 미디움 숏에 담아내고 유려한 카메라 패닝 숏으로 강사를 따라다니려고 최선을 다했다. 인강 촬영에 나의 예술혼을 불살랐다.

학생들은 비싼 수강료를 내고 자신의 모든 것을 걸고 공부하는 사람들이었고, 강사들은 매번 엄청난 부담감을 갖고 강의하는 사람들이었다.

특별히 기억나는 강사 두 명이 있다. 인기 강사 L은 자신만의 리듬이 있었다. 강의실을 왔다 갔다 하며 말을 하는데 한 편의 노래처럼 말의 억양이 있었다. 그 억양에 매번 내용을 넣어서 말을 했다. 몸을 돌리는 타이밍도 매번 반복적이었다. 한 편의 긴 노래와 춤 같았다. 형법을 가르치던 그는 항상 중간중간 강간과 살인을 넣어서 예를 들었다. 그 단어가 나올 때마다 졸던 학생들이 잠에서 깨어났다. 그때마다 강의실의 공기가 달라지는 것 같았다. 그는 실제 사건을 예를 들며 대수롭지 않은 듯이 말했기 때문에 학생들은 살인이나 강간이란 단어가 나올 때마다 히죽히죽 웃었다. 그때 집중해서 열심히 들었던 학생들이 시험에 합격하고 경찰이 되었다고 생각하면 피해자가 경찰에 신고하러 갔을 때 경찰이 사건 경위를 듣다가 웃었다는 것이 이해되었다.

그는 웃으면서도 자기가 왜 웃는지 몰랐을 것이다. 몸은 기억하는 대로 반응했을 뿐이다. 나는 그 강사를 비난할 수가 없다. 왜냐면 소설가들도 비슷한 짓을 하기 때문에. 우리 집엔 살인사건을 어떤 식으로 써야 독자의 흥미를 끌 수 있는지 알려주는 작법서들이 가득하다. 나는 항상 자극적인 사건사고 기사를 정성

들여 읽고 검색도 자주 한다. 내가 억울하게 살인범으로 몰려서 경찰들이 내 검색엔진의 검색 기록을 본다면 나는 아무런 변명도 못 하고 속절없이 잡혀갈 것이다. 그도 독자들의 관심을 끌려는 작가처럼 수강생들의 관심을 끌기 위해 나름의 최선을 다했을 뿐이라고 생각하면 이해 못 할 것도 없다. 하지만, 그 수백 명의 학생들 중 아무도 그 방식에 항의하지 않았다는 사실은 늘 마음을 어둡게 한다. 물론 나도 하지 못했다.

기억에 남는 또 다른 강사는 J인데, 그가 기억에 남는 이유는 그 수업이 내가 그 일을 그만둔 계기가 되었기 때문이다. 그날 J강사는 강의실로 들어와 강단에 선 채로 몇 분간 아무 말도 하지 않았다. 갑자기 말을 잃어버린 사람 같았다. 강의실이 술렁이기 시작했다. 이윽고 입을 연 강사는 욕을 하기 시작했다. 누구에게 욕을 하는지 알 수가 없었다. 미친놈들. 모두 다 미친놈들, 머저리들, 쓰레기들. 이어서 울먹이는 목소리로 말했다.

"방금 우울증 약을 먹고 왔는데, 조금 취한 것 같습니다. 창문으로 뛰어내리고 싶은데, 그러니까 그 카메라 좀 꺼버려요. 당장."

나는 카메라를 끌 수 없었다. 나도 그도 그 사실을 잘 알고 있었다.

"열세 살 된 딸이 미국에서 오랜만에 왔는데, 쉬지 못하고 수업해야 합니다. 괴로워요. 이런 날 일하기

싫은데. 딸이 왔는데, 이미 계약을 하고 몇십 억을 받았기 때문에 어쩔 수가 없어요. 그래서 우울해요. 약을 먹었는데 취한 것 같아요. 죽고 싶어요. 죽고 싶은데 강의하러 나왔어요. 힘내라고 나를 위해서 손뼉을 좀 쳐줘요."

졸다가 깬 고시생들은 영문도 모른 채 손뼉을 열심히 쳤다. 머리를 쓰다듬어주듯이. 울 것 같은 강사와 손뼉을 열심히 치는 수강생들의 뒤통수를 보며 나는 울고 싶어졌다. 누가 가장 불쌍한지 정말 알 수가 없었기 때문이다. 각자 나름의 어려움이 있는 법이고, 누구도 잘못한 사람이 없는데도 모두가 서로에게 잘못을 하고 있는 것 같은 순간들이 분명 있다. 그런 컨디션에도 일을 해야 하는 강사에 대해 측은한 마음이 들었다.

강사는 울듯이 웃으며 시시껄렁한 농담을 시작했다. 그의 횡설수설은 어떤 미친년에 대한 욕이 되었고 질펀한 성적 농담으로 이어졌고, 나는 문득 그 농담의 대상이 나라는 사실을 깨달았다. 몇몇 수강생들이 뒤를 돌아보며 히죽히죽 웃고 있었다. 이 강의실에는 강사와 고객인 수강생들, 그리고 내가 있었다. 그는 희생양이 필요했고, 그게 수강생이 될 수는 없었을 것이다. 그의 말을 듣기 위해 비싼 수강료를 내고 온 사람들이니. 남는 건 나밖에 없었다. 이 강의실에서 불쌍한 그를 잔인하게 카메라에 담고 있는 내가 있었다. 사냥감에 총을 겨누듯, 집요하게, 그를 쫓아다니며 카메라 프레임에 가두고 있었다. 수백 명의 학생들 앞에서 나를 욕보이고 있는 그 모습을 잠자코 찍어야만 했다.

'카메라가 아니라 총이라고 생각하자. 그를 겨누고 있는 칼이라고 생각하자.'

그게 그 순간 내가 할 수 있는 유일한 일이었다. 너무 집중해서 심장이 두근거리고 손이 떨렸다. 그의 질 나쁜 농담들은 음절로 낱낱의 소리로 분해되었다. 그 소리는 내 뇌를 지나쳐 그냥 사라졌고, 나는 다만 소리일 뿐인 목소리를 담았다. 그 내용을 내 머리에 담아서는 안 된다. 그 내용을 이해해서는 안 된다. 내가 살아남기 위해서.

그를 향해 있던 카메라는 조금씩 옆으로 처지면서 어느새 창밖을 향하게 되었다. 창문에는 한 창에 한 글자씩 경-찰-공-무-원-학-원이라고 뒤집혀서 붙어 있었다. 전철 1호선을 타고 다니는 누군가는 날마다 이 창문과 이 글자를 흐르듯이 보고 있을 것이다. 갑자기 구역질이 날 것 같아서, 나는 카메라를 창문 밖으로 향하게 둔 채 강의실을 나왔다. 한참 동안 복도에 서 있었다. 무엇을 해야 하는지 잘 몰랐다. 고통스러운 것 같은데 고통을 표현하는 방법을 잘 몰랐다. 고통의 이유도 잘 몰랐다. 그렇게 많은 사람 앞에서 공개적으로 성적 농담의 대상이 되었다는 게 고통스러운 건지, 내 편이 되어주는 사람이 아무도 없다는 것이 고통스러운 건지, 그토록 위태로운 사람을 촬영해야 한다는 사실이 고통스러운 건지, 그 농담을 돈 내고 봐야 할 전국의 수강생들이 불쌍해서 고통스러운 건지, 강사를 온전히 촬영하지 못한 업무적 과실이 고통스러운 건지 알 수가 없었다. 왜 아무도 나를 따라서 밖으로 나오지 않는 걸까? 왜 모두 강의실에 앉아 그 얘기들을 듣고 있을까? 벌받는 아이처럼. 차라리 벌을 받았으면, 누가 지금 벌을 받고 있는 거라고 말해주었으면, 그리고 선생님이 이제 끝, 하고 문을 열어주면 좋겠다고 생각했다.

5분쯤 지나자 문이 열리며 수강생들이 몰려나왔다. 휴식 시간이었다. 나한테 말 거는 사람도 눈을 마주치는 사람도 없었다. 나는 강의실로 들어가 녹화 버튼을 끄고 카메라 방향을 강단의 중앙으로 옮겼다. 쉬는 시간 동안 카메라를 지켜야 했다. 새 테이프를 넣고 강사가 들어오자마자 다시 녹화 버튼을 누르고 DV테이프에 그를 담기 시작했다. 강사는 쉬는 시간 동안 진정이 되었는지 횡설수설을 그만두고 차분하게 강의를 시작했다. 카메라로 촬영하는 중에도 나의 어떤 부분들은 여전히 복도에서 혼자 유령처럼 서성이고 있는 것 같았다. 강의실 앞 칠판 위엔 급훈처럼 '하면 된다'가 액자에 걸려 있었다. 하면 된다. 하지만 할 수 있는 것이 남아 있지 않았다. 필기를 열심히 하고 있는 수강생들의 뒤통수는 어두컴컴하게 꺼진 전구들 같았다. 강의가 끝나고 사무실에 장비를 반납하고 매니저한테 촬영사고에 대한 보고를 했다. 그는 강사가 아무리 이상한 말을 해도 다 촬영해달라고 부탁했다. 판단은 편집팀에서 하니까. 나는 다시는 여자 촬영자한테 그 강사의 촬영을 맡기지 않겠다는 다짐을 받아내고 나왔다.

걸어가기 힘들 정도로 사람이 가득 찬 노량진 육교 위를 걸으면서 5000원짜리 내 한 시간에 대해서 생각했다. 그 한 시간으로 바꾼 5000원으로 무엇을 사 먹을까? 붕어빵 15개? 오뎅 10개? 컵밥 3개? 주머니엔 식대로 제공받은 2700원짜리 뷔페식당 식권이 있었다. 4500원이면 노량진에서 최고로 풍족한 식사를 할 수 있다. 하지만 나는 밥을 굶고 그 5000원으로 커피를 선택한다. 왜냐하면 내가 아는 가장 값어치 있는 5000원은 커피값이니까. 내 한 시간을 가장 사치스럽게 쓸 수 있으니까. 거기에 500원을 보태서 카푸치노를 마셔야 한다. 먼저 따뜻하고 둥근 잔을 손으로 감싸서 온기를 느끼고, 부드러운 우유 거품을 한 모금 마시고, 또 한 모금 마시고. 그 폭신한 구름이 마음을 어루만져준다. 그런 다음 잔을 내려놓고 테이블 위에 팔꿈치를 올리고 두 손으로 얼굴을 감싼다. 손바닥에 눈물이 차오른다. 커피값을 줄이라니, 정말 너는 아무것도 모르는구나.

커피와 담배

이 공간에 있으면 시간이 멈춘 것 같다. 어제도 오늘도 같은 자리에 같은 손님들이 앉아 있고, 같은 커피를 주문한다. 카페에서 보낸 시간은 똑같은 매일로 이루어진 얇은 종잇장 같은데 쉬는 날 나가보면 어느새 10년이 흘러 있다.

이 카페를 오픈할 때는 이렇게 오랫동안 하게 될 거란 생각을 못 했다. 길어봐야 2년이겠지 싶어서 중고 가구점에서 대충 가구들을 사다가 채웠는데 벌써 10년이 넘었다. 처음 가져올 때부터 낡아 있던 중고 가구들은 더 낡았다. 소파는 밑창이 뜯어지고 삐걱거리지 않는 의자가 없다. 나는 오래 앉아 있기 힘들던데 손님들은 참 잘도 참는다. 각자 참을 수 있을 만큼의 삐걱거림이 있다. 그러니까 늘 앉던 그 자리에 앉는 것이 중요하다.

손님들마다 선호하는 자기 자리가 있다. 그 자리는 때때로 겹친다. 손님이 늘 앉던 자기 자리를 뺏겨서 다른 자리에 앉아 있으면 내 마음이 불안하고 뭔가 잘못을 저지른 것만 같다. 책장 아래 자리를 선호하는 손님이 이런 말을 했다. 커피의 맛은 공간의 합이라고, 이 자리의 오래된 의자, 테이블, 하얀 잔, 이 모든 것이 합쳐진 것이 커피의 맛이라고. 그래서 같은 커피라도 다른 자리에 앉아서 마시면 다른 맛이 난다고. 그 말에 완전히 동의하는 건 아니지만 그 손님이 늘 앉던 자리 말고 다른 자리에 앉아 있으면 다른 손님 같긴 하다.

자주 오는 손님들이 겹치는 자리 없이 각자 원하는 자리에 정확히 앉아 있으면 테트리스가 맞춰지는 것처럼 마음이 평온하다.

최근에 내 마음을 불편하게 만드는 손님이 둘 있다. 원래 이 둘은 각자 선호하는 자리가 달랐다. 줄담배를 피우고 항상 케냐를 주문하는 손님은 소파 자리에만 앉았다. 냅킨에 늘 무언가를 적는 손님은 6인석 큰 테이블의 창가 쪽에만 앉았었다. 늘 혼자 와서 5시간씩 앉아 있다가 가는 손님들인데 어느 날부터 이 둘이 나란히 같이 앉기 시작한 것이다. 4인석 테이블에. 원래 알던 사이 같지는 않은데 도대체 언제 친해진 거지? 매일 와서 항상 같은 자리에 앉던 손님 두 명이 다른 자리를 차지하자 모든 자리 배치가 꼬였다. 모두가 원래 자리가 아닌 다른 자리에 앉게 되어 내 마음이 여간 불편한 게 아니다. 그렇다고 원래처럼 각자 앉던 자리에 따로따로 앉아달라고 요청할 수는 없는 일. 이 둘은 어쩌다가 같이 앉기 시작했을까?

케냐 손님이 카페에 오기 시작한 건 반년 전이다. 파마머리를 한 이 남자 손님은 늘 작은 디지털카메라를 테이블 위에 올려놓고 커피를 마시는데 손님들이 나가고 나면 바로 그 자리에 가서 빈 커피잔 사진을 찍는다. 손님들은 이미 떠났고 방해가 되는 건 아니니 하지 말라고 할 수는 없지만 여간 신경 쓰이는 게 아니다. 그거 말고는 매너가 완벽하다. 3시간마다 추가 주문을 하고, 통화는 밖에 나가서 하고, 담배꽁초는 재떨이에 버리고, 빈 잔은 카운터에 가져다주고, 떠날 때는 의자를 넣고 자리를 완벽히 정리하고 간다.

그는 줄담배를 피운다. 담배 피우는 모습이 특이한데, 먼저 손을 허공에 들어 한참을 서 있는다. 바람의 방향을 파악하기라도 하는 것처럼. 그런 다음 담배를 하늘로 향하게 해서 피운다. 담배 연기를 안 마시려고 그러는 걸까? 담배를 피우면서 동시에 목 스트레칭을 하는 걸까? 어쨌든 연기가 매번 위층으로 향하니 2층에 사는 사람이 항의할까 봐 겁난다. 하지만 손님한테 담배 피우는 자세를 바꿔달라고 할 순 없는 일.

신경이 쓰이는 또 한 손님은 긴 생머리의 여자인데 두 달 전부터 거의 매일 온다. 예가체프를 주문하고 늘 커피잔을 물끄러미 들여다본다. 마치 그 안에 뭐가 빠지기라도 한 것처럼. 항상 사연이 있어 보여서 무슨 일이 있냐고 묻고 싶어지는 얼굴이다. 커피잔을 한참 들여다본 다음에, 냅킨을 펴서 거기에 펜으로 글을 쓴다. 더도 말고 덜도 말고 딱 한 장만 쓴다. 갈 때는 커피잔 안에 다 쓴 냅킨을 버리고 가는데, 잔에서 젖은 냅킨을 꺼내 버리면서 곧 버릴 걸 왜 그렇게 열심히 쓰는지 알다가도 모를 일이라고 늘 생각한다.

이 이상한 손님 둘이 어느 날부터 같이 앉기 시작한 것이다. 맞은편이 아니라 나란히. 약속을 하고 만나는 건 아닌 것 같다. 하지만 여기 오면 항상 만나게 되어 있고, 그러면 나란히 앉아서 얘길 나눈다. 거의 속삭이듯이. 만남이라기보다는 접선에 가깝게. 손님들의 사적인 만남에 관심을 가질 이유는 없지만 너무 신경이 쓰인다. 같이 앉지 말고 늘 앉던 그 자리에 각자 앉았으면 좋겠다.

우리 가게의 모토는 '항상 처음 온 손님처럼 낯설게'다. 동네 사랑방 같은 카페도 좋지만 나는 카페에 갔을 때 항상 익명의 존재이고 싶고 그래서 우리 카페에서도 손님들을 그렇게 대한다. 그걸 좋아하는 사람도 있고, 싫어하는 사람도 있고, 어쨌거나 그런 걸 원하는 사람들만 계속 오고 있다. 가게 앞이 공원이 되면서 동네 땅값이 많이 올랐다고 들었다. 지속적으로 오는 손님들이 꽤 되어서 가게는 한결같은 적자로 유지되고 있다. 뭐든 한결같으면 좀 버틸 만하다.

가게를 처음 오픈했을 때부터 지속적으로 꾸는 악몽이 있다. 걸어서 출근하는데 모든 건물 1층이 스타벅스로 바뀌어 있는 꿈이다. 오늘도 그 꿈을 꿨다. 건물주가 부동산업자와 같이 찾아와서 건물이 팔렸으며 여기가 곧 스타벅스로 바뀔 거라고 말하는 것까지 꿨다. 그런 악몽을 꾸거나 말거나 카페 안의 풍경은 한결같다. 어제도 오늘도 같은 자리에 같은 손님들이 앉아 있고, 같은 커피를 주문한다. 케냐 손님이 케냐를 주문하고 담뱃대를 하늘로 치켜들고 담배를 피운다. 예가체

프 손님이 냅킨에 글을 쓰고 있다.

라테 손님이 책을 읽고 있다. 오늘도 『잃어버린 시간을 찾아서』를 읽고 있다. 그 손님은 2년째 『잃어버린 시간을 찾아서』 1권을 읽고 있다. 옆 건물 회사에 다니는 손님은 시켜놓은 커피엔 손도 안 대고 울고 있다. 그럴 때 커피는 주머니에 넣고 다니는 '방' 같다. 그런 손님들은 항상 음료뿐만 아니라 다른 무언가도 남기고 간 기분이어서 손님이 떠나고 나서도 한참 동안 잔을 치우지 못하고 내버려두게 된다. 그 흔적들은, 그 감정들은, 없어지지 않고 계속 그 자리에 쌓여 있는 것만 같다.

손님이 떠나고 난 자리를 정리하러 간 사이 케냐 손님이 카운터에 있던 내 커피잔을 카메라로 찍는 현장을 포착했다. 드디어 따질 수 있게 되었다. 나는 정색하며 말했다.

"아니 이걸 왜 찍는 거죠?"

케냐 손님은 당황하며 말했다.

"이럴 수가. 어쩌면 좋아요. 위협을 방지하기 위해서죠. 이건 일종의 예언이에요. 잠깐만 저와 얘기 좀 하시겠어요?"

나는 잠시 그의 목소리 톤을 평가했다. 사기꾼의 목소리가 아니었고, 다년간 만들어낸 내 음성 데이터베이스에 따르면 믿을 수 있는 목소리였다. 나는 카운터 자리에 앉았다. 그는 맞은편 자리에 앉더니 머리를 가깝게 들이밀고 속삭이듯 얘기하기 시작했다.

"저는 처음엔 미술 작업으로 이걸 찍기 시작했어요. 사람들이 커피 마시고 남은 자국을 그림으로 그렸거든요. 근데 많이 찍다 보니 통계를 낼 수 있게 되고 이게 예언이라는 걸 알게 되었어요. 사주팔자도 통계인 건 다 아시죠? 이것도 통계고 과학이에요. 미신이 아니라. 그래서 말인데, 오늘 드신 커피요. 이건…… 징조가 좋지 않네요. 이걸 무시하면 안 돼요."

"뭐가 문제인데요?"

그는 내가 다 마신 잔을 들어 바닥을 보여주었다.

"이 무늬는…… 가운데가 산처럼 나왔잖아요. 징조가 좋지 않아요. 당신은, 이 예언이 전하는 불운을 피하려면 저처럼 커피 자국 사진 일곱 장을 찍어야 해요. 12시간 안에. 제 말대로 한 사람이 있었는데 그분은 로또 4등에 당첨되었어요. 제 말을 무시하고 찍지 않은 사람이 있었죠. 그 사람은…… 하여튼 불행해졌어요. 혹시 행운의 편지를 들어보셨나요? 케네디 대통령은 행운의 편지를 받자마자 그냥 버렸죠. 그는 9일 후에 암살당했어요. 커피 흔적 사진 일곱 장을 모으면 7년의 행운이 있을 거고, 그렇지 않으면 3년의 불행이 있을 거예요."

그는 진지하고 수줍은 목소리로 자신 없이 말했다. 사기 치는 사람의 목소리가 아니었다. 나는 내용 말고 형식을 신뢰하기로 했다. 그의 말을 일단 믿어보기로 했다. 솔직히 말하자면 그의 말을 무시해서 그가 카페에 안 오게 될까 봐 겁이 났다. 그는 매일 오는 주요 단골이었다. 나는 설거지 개수대를 보았다. 설거지를 아직 못 한 커피잔이 다섯 개가 있었다. 나는 케냐 손님을 바라보았다. 그가 체육 선생님 같은 눈빛으로 고개를 끄덕였다. 그래, 바로 그거야, 넌 할 수 있어. 그런 눈빛. 나는 잔을 꺼내서 나란히 놓고 하나씩 사진을 찍기 시작했다. 케냐 손님은 자신이 마시던 커피를 다 마시고 잔을 카운터에 가져다주었다. 나는 그것도 사진을 찍었다. 나와 똑같은 산 무늬는 하나도 없었다. 케냐 손님이 카드를 내밀면서 말했다.

"제가 지금 가야 돼서 도와드리진 못하는데, 아무튼 여섯 개 찍었으니까 하나만 더 찍으시면 돼요. 제가 있어서 다행이에요. 이제 7년의 행운이 올 거예요."

케냐 손님은 신신당부를 하고 갔다. 그가 가고 나서 냅킨 손님도 곧바로 자리를 떴다. 빈 잔 사진을 찍으려고 했는데 역시나 또 낙서한 냅킨을 커피잔에 담아두고 갔다. 나는 냅킨을 꺼내서 빈 커피잔을 찍었다. 커피잔에는 아무런 흔적이 남아 있지 않았다. 비운 듯이 깔끔했다. 이런 커피잔 사진을 찍어도 되는 건가? 의심이 들었지만 사진을 찍었다. 일곱 장을 다 채우긴 했으니까. 나는 냅킨을 펼쳐보았다. 호기심을 억누를 수가 없었다. 다행히 글씨체가 단정해서 읽기 쉬웠다.

"꿈에서 카페로 걸어가는데 모든 건물 1층이 스타

벅스로 바뀌어 있었다. 카페에 앉아 있는데 카페 사장님한테 건물주가 부동산업자와 같이 찾아와서 건물이 팔렸으며 여기가 곧 스타벅스로 바뀔 거라고 말했다."

놀랍게도 내가 꾼 꿈이 그 냅킨에 적혀 있었다. 그때 창밖에 비싸 보이는 차가 주차하는 모습이 보였다. 사람들이 나와서 뒤쪽 계단을 통해 위층으로 올라갔다. 건물주를 만나러 온 건 아닌지 걱정이 되었다. 그 중 한 명이 부동산업자처럼 보였다. 나는 마음이 다소 불안해졌지만 커피잔 사진 일곱 장을 찍었으니까, 내 불행이 막아질 거야. 마음을 평온하게 먹으려고 노력했다.

그날 밤에도 비슷한 꿈을 꿨다. 출근하는데 큰길가의 모든 가게가 스타벅스로 바뀌었다. 유일하게 남아 있는 미용실에 가서 펌을 하고 싶다고 말하자 미용사가 말했다.

"펌 말고 커트를 하면 안 될까요? 가게가 스타벅스로 바뀌어야 해서 시간이 별로 없어서요."

미용사의 얼굴이 심슨으로 바뀌었다. 언젠가 이 장면을 심슨 만화에서 본 적이 있었다. 예언이 아니라 과거에 본 만화가 꿈에 나온 것이었다. 그렇게 생각하니 한결 마음이 편해졌다. 편한 마음으로 출근했다. 카페 근처엔 아직 스타벅스가 생기지 않았고 미용실도 그대로 있었다.

오늘도 카페 안의 풍경이 한결같다. 어제도 오늘

도 같은 자리에 같은 손님들이 앉아 있고, 같은 커피를 주문한다. 케냐 손님이 케냐를 주문하고 담뱃대를 하늘로 치켜들고 담배를 피운다. 예가체프 손님이 냅킨에 글을 쓰고 있다. 라테 손님이 책을 읽고 있다. 오늘도 『잃어버린 시간을 찾아서』를 읽고 있다. 그 손님은 2년째 『잃어버린 시간을 찾아서』 1권을 읽고 있다. 옆 건물 회사에 다니는 손님, 어제와는 다른 손님이 시켜 놓은 카푸치노엔 손도 안 대고 울고 있다. 오늘 그 냅킨에 무엇이 적혀 있을까 궁금했다. 나는 그 손님이 떠나기만을 기다렸다. 그 손님이 가자마자 냅킨을 펴고 읽었다. 카운터 아래에 쪼그려 앉아서 읽었다. 손님이 남긴 냅킨을 몰래 읽는 모습을 들키고 싶지 않았다.

"당신은 오늘 내가 떠나기만을 기다렸죠. 이 글을 읽으려고요. 꿈에서 펌을 하려고 했는데 못 했죠. 우주의 가을이 오고 있어요. 지구에 계절이 있듯, 우주에도 사계절이 있어요. 이제 여름이 끝나고 가을이 오는 거예요. 이상한 기후변화가 있죠? 다 우주의 계절이 바뀌느라 그래요. 변화는 우주의 이치예요. 변화를 두려워하지 말아요."

이것은 나한테 보내는 편지인가? 그때 카페 앞에 비싸 보이는 차가 주차를 했다. 그 안에서 건물주와 부동산업자로 추정되는 사람과 또 한 명이 같이 카페에 들어왔다. 건물주는 건물이 방금 팔렸다고 이달 말까지 가게를 비워달라고 간단하게 말했다. 7년간 온다던 행운이 어찌 된 것인지 케냐 손님한테 따지고 싶지만 정신도 없고 힘도 없었다. 다리가 부들부들 떨렸다. 이 카페가 사라지면 저 사람들은 어디서 울고 어디서 담배를 피우며 어디서 냅킨에 낙서를 할 것인가.

걱정을 하느라 한숨도 못 잤다. 당연히 꿈도 꾸지 못했다. 카페 하나가 사라지는 것은 별일이 아닐 것이다. 하루에도 수없이 많은 가게가 나타났다가 사라진다. 스타벅스에서도 울 수 있고 나가서 담배를 피울 수 있고 거기에도 냅킨이 있다. 가게가 없어질 수도 있다는 생각을 오픈할 때부터 10년 동안 해왔다. 어찌 보면 10년 동안 가게 문을 닫을 준비를 해온 거나 마찬가지다. 우주의 계절이 바뀐다는데, 변화는 당연한 이치겠지.

오픈을 하고 가게를 비우기 위한 계획을 세웠다. 먼저 카페에 있는 책들을 중고서점에 팔았다. 『잃어버린 시간을 찾아서』는 팔지 않았다. 1권을 2년째 읽고 있는 라테 손님에게 전권을 선물할 계획이다. 오늘도 카페 안의 풍경이 한결같다. 가게의 마지막 날, 냅킨 손님은 두 장을 남겨두고 갔다.

"그거 알고 계셨나요? 우리의 뇌는 텅 비어 있고 거기엔 수신기만 있어요. 우주의 거대한 서버가 있어요. 구글과 애플을 만든 사람들은 이 원리를 깨우쳐서 비슷한 원리로 구글 드라이브, 아이클라우드를 만들었어요. 우리는 매 순간 거기에 접속해서 정보를 다

운받아 오는 거예요. 모든 기억들이 그곳에 있어요. 생전 처음 만난 사람인데 어디선가 만난 느낌이 드는 사람이 있지 않나요? 같은 서버를 써서 그래요. 간혹 서버가 꼬여서 다른 사람의 기억에 접속하기도 해요. 같은 기억에 접속하기도 하고. 데자뷔가 그거예요. 꿈은 하드디스크 정리 같은 거죠. 커피는, 이 우주와의 수신 신호를 강하게 만들어줘요. 우주의 서버에 더 강력하게 접속하는 거죠. 같은 커피를 마시면 같은 서버에 접속을 해요. 비슷한 걸 느끼게 되죠. 카페는 일종의 우주선이에요. 커피와 가까이 있는 사람들이 많잖아요. 이 사람들이 거대한 자기장을 형성하는 거죠. 우주에서 보면 카페만 보여요. 커피잔만 밤하늘처럼 각각이 하나의 별처럼 빛나죠. 별들은 늘 생겨났다가 사라져요. 카페도 마찬가지죠. 슬프지만 잠시 빛났다는 사실은 영원히 남아 있죠."

말들의 흐름 1

커피와 담배
Coffee and Cigarettes

1판 1쇄 펴냄 · 2020년 4월 6일
1판 5쇄 펴냄 · 2022년 11월 28일

지은이 · 정은
펴낸이 · 최선혜

편집 · 최선혜, 김준섭
디자인 · 나종위
인쇄 및 제책 · 스크린그래픽

펴낸곳 · 시간의흐름
출판등록 · 제2017-000066호
주소 · 서울시 마포구 토정로 33
Email · deltatime.co@gmail.com

ISBN 979-11-965171-6-8 04810
979-11-965171-5-1(세트)

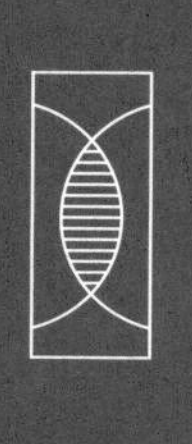